Yves Grevet
Seuls dans la ville

ISBN : 978-2-74-851093-5
© Syros, 2011

SYROS

À Denis et Éric.

À tous mes copains et copines du lycée, auxquels certains personnages du roman doivent beaucoup.

« Lorsque vous avez éliminé l'impossible, ce qui reste, si improbable soit-il, est nécessairement la vérité. »

Conan Doyle in *Le signe des quatre*

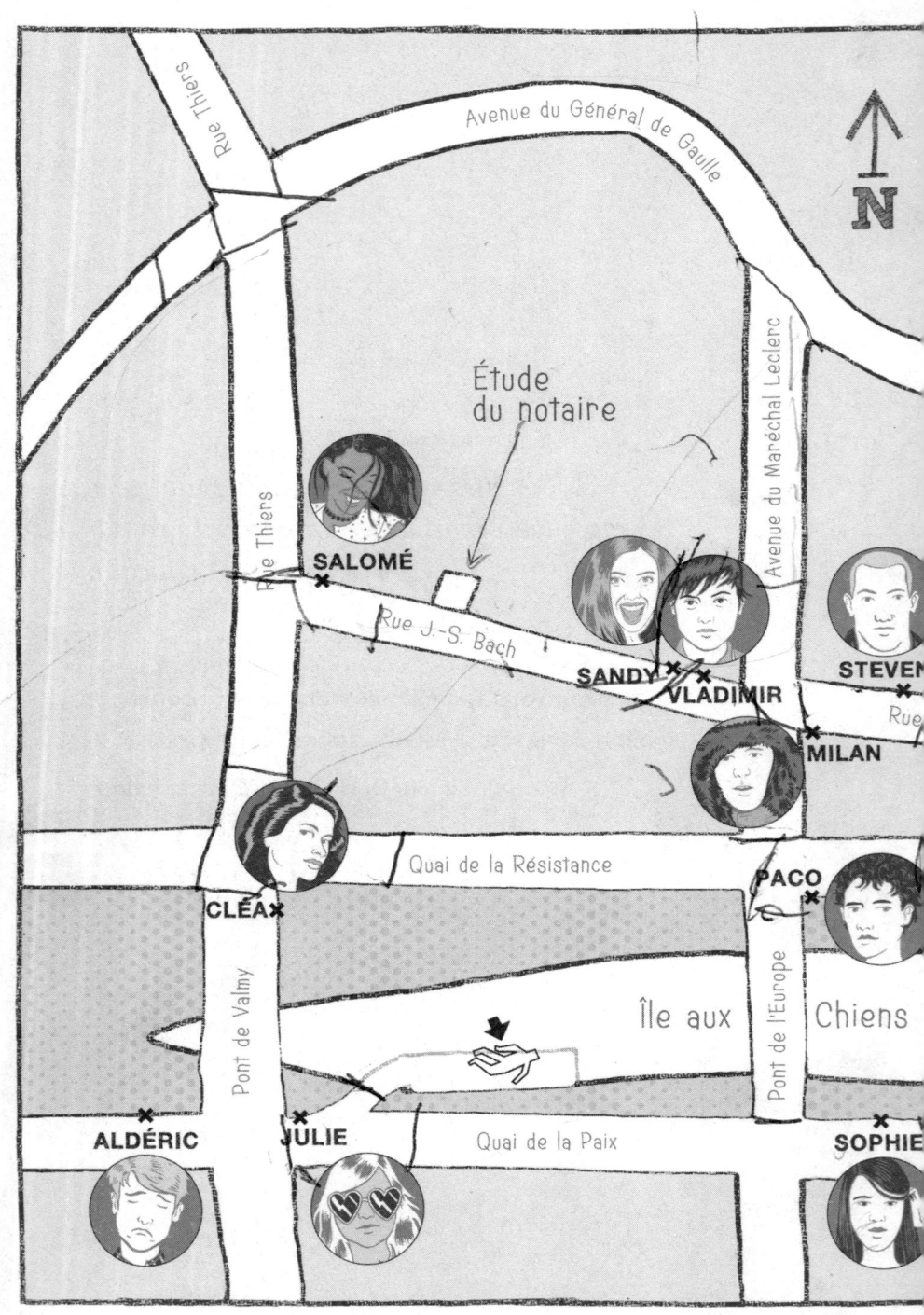

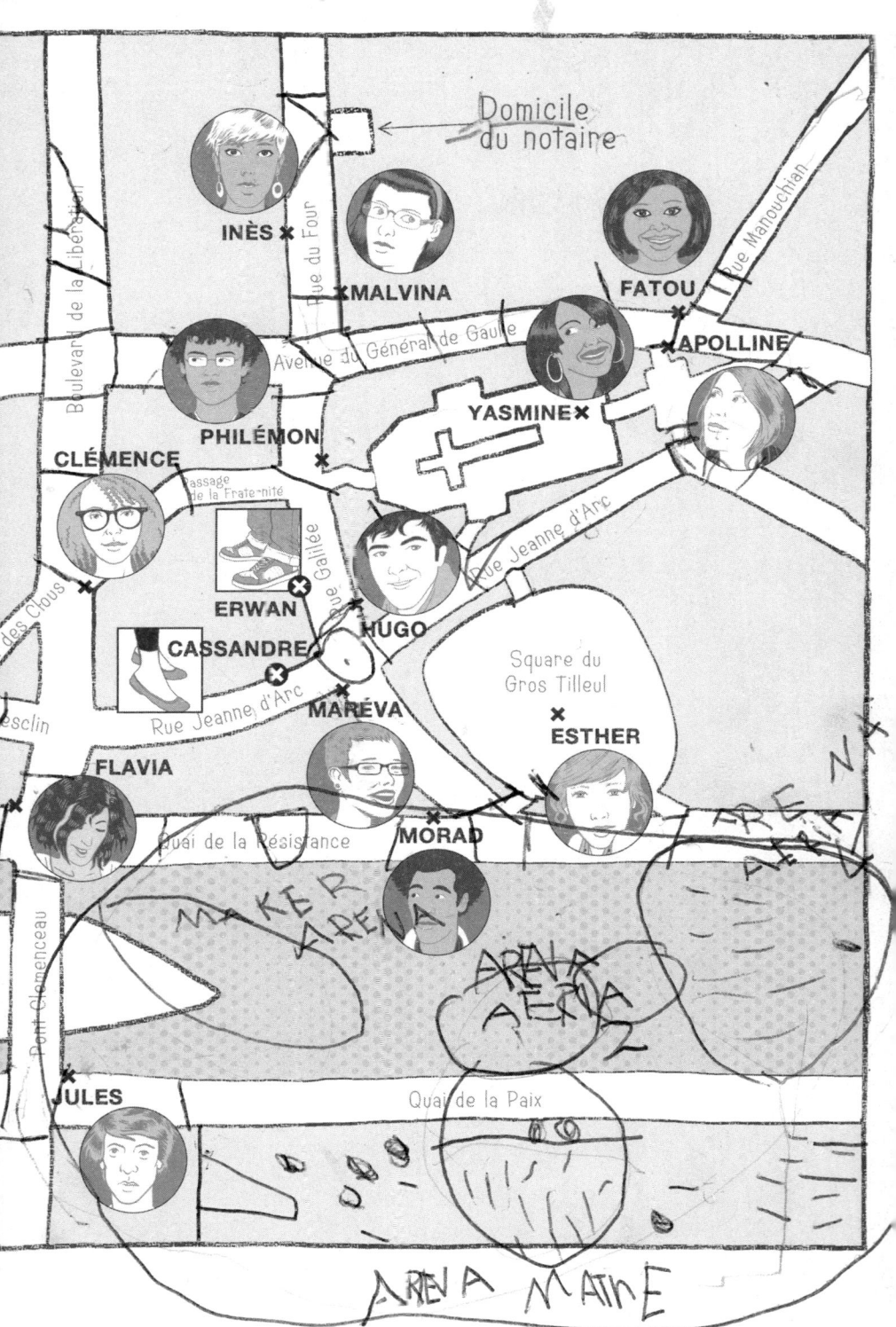

1

★ Tout a commencé par une expérience littéraire que madame Darlène, notre professeur de français, avait intitulée « Création-récréation ». Nous devions jouer les écrivains dans les rues du centre-ville. À l'annonce de la consigne, tous les élèves, ou presque, ont sauté de joie. C'était la première fois depuis notre entrée au lycée qu'un cours se déroulerait hors les murs et en totale autonomie. La première fois aussi que nous laissions de côté le programme de révision du bac de français qui pourtant approchait à grands pas. Nous allions abandonner pour la matinée les sempiternels commentaires de textes sur des auteurs morts depuis bien longtemps.

Le sujet était simple :

Postez-vous seul(e) à un endroit du centre-ville entre 9 heures et 10 h 30, et écrivez ce que vous voyez ou ce que cela vous inspire. La forme est libre : description, fiction, poésie...

– Lâchez-vous ! Laissez-vous aller mais produisez ! a lancé madame Darlène avec enthousiasme.

Puis elle a ajouté, comme si déjà elle regrettait son audace :

– Je vous fais confiance, les enfants, alors ne faites pas n'importe quoi.

Je ne savais pas où elle avait déniché cette idée, peut-être sur Internet. On savait qu'elle utilisait aussi ce moyen pour se trouver un mari. Samy, de terminale S, l'avait fait marcher toute une soirée en se faisant passer pour un professeur de tango argentin fraîchement débarqué en France. Il se disait fou de l'élégance des femmes françaises, et accessoirement... à la recherche d'une union stable pour accélérer la régularisation de ses papiers. Le lendemain, à la cantine, quand il avait tout raconté, Apolline, après avoir bien rigolé, avait cru bon d'ajouter :

– Vous êtes cruels, les gars !

Le matin du grand jour, plutôt que de décrire les passants que je trouvais quelconques, je décidai, dans une inspiration soudaine, de profiter de ce devoir pour lancer un appel à l'humanité et plus particulièrement aux citadins des pays développés :

Erwan G.
Vers le milieu de la rue Galilée

Je n'ai pas vu de gens indifférents aux autres,
Habillés de grisaille, emprisonnés dans leur ego.

J'ai vu des gens bronzés inondés de couleurs,
Les bras ouverts pour le partage.

Je n'ai pas vu d'affiches racoleuses,
Manipulant la foule pour la pousser à consommer plus.

J'ai vu des mots d'amour et de tendresse
Écrits à la craie sur les trottoirs.

Je n'ai pas vu de murs sombres et tristes
Qui cachent aux passants le ciel et l'océan.

J'ai vu des horizons sans limite et sans ombre
Qui vous aspirent vers des lointains radieux.

Je n'ai pas vu de voitures puantes et arrogantes
Qui polluent les poumons des enfants et des plantes.

J'ai vu des oiseaux qui planaient dans l'azur
Et disaient aux hommes : « Fuyez la ville. La vraie vie est ailleurs. »

> **Commentaire de la prof.**
>
> *C'est un peu ampoulé, même si certains vers ne manquent pas de sincérité. Le problème principal, c'est que vous êtes hors sujet (ce qui est un peu une habitude), dans la mesure où vous auriez pu écrire ce texte trop général dans n'importe quel endroit de la ville, peut-être même dans n'importe quelle ville du monde.*

Les élèves, dans leur grande majorité, ont beaucoup apprécié ce moment de création et surtout de récréation.

Madame Darlène a qualifié l'expérience de « très positive et très riche », même si deux des élèves en ont profité pour ne rien faire. Les textes, à part quelques-uns, comme le mien, ont été jugés « bien écrits et originaux ». Elle a aussi insisté sur la capacité de certaines à dramatiser les situations pour rendre leur texte plus intéressant :

— À la lecture de plusieurs copies, on pourrait croire nos rues infestées de maniaques et de dangereux criminels, a-t-elle ironisé.

— Mais moi, c'était vrai, madame ! a protesté Sandy, qui aime bien se faire remarquer.

Tout cela s'est passé il y a deux semaines. Depuis, nous avons appris qu'un notaire de la ville a été mystérieusement assassiné à l'heure exacte où les élèves répartis dans tous les coins du centre-ville rédigeaient leur chef-d'œuvre. Je suis pour ma part persuadé que nos observations (surtout celles des autres, d'ailleurs) pourraient faire avancer la police, mais je prêche dans le vide. La prof m'a jeté à la figure quelques phrases définitives :

– Erwan, vous feriez mieux de vous concentrer sur vos révisions. Je vous rappelle que vous êtes en L. Votre objectif, c'est d'avoir, entre autres, une bonne note en français aux épreuves anticipées du bac en juin, pas d'élucider un crime !

– Mais des filles vous ont, paraît-il, relaté des faits troublants ?

– Troublants ? C'est très exagéré ! Elles ont fait preuve d'imagination, c'est tout ! Allez ! Je ne veux plus en parler.

Mes copains ne sont pas plus intéressés par mes idées :

– Tu regardes trop de films, a lancé Milan.

– Non, il se prend déjà pour un écrivain de polars, a ajouté Philémon.

Et ces deux-là sont censés être mes meilleurs amis.

Ce matin, la radio a de nouveau parlé de l'affaire. La police est à l'affût du moindre témoignage. Je décide donc de prendre mon courage à deux mains et de coincer la prof à la sortie du cours :

– Madame, je vous remercie de m'accorder quelques instants. La situation est grave. Peut-être avez-vous écouté la radio locale ce matin ?

– Non, je n'écoute que France-Inter ou France-Culture.

– Voilà, je vous explique. La police a lancé un appel à témoins pour le meurtre du notaire qui s'est déroulé pendant que...

– Mais ce n'est pas vrai ! Vous recommencez avec votre histoire. Vous êtes têtu.

– Madame ! Les enquêteurs piétinent. Nous devons les aider. C'est une question de civisme. La vérité doit triompher.

– Erwan, s'il vous plaît. J'ai lu très attentivement toutes les copies et je peux vous assurer qu'aucun de vos camarades n'a été témoin d'un meurtre.

– Je n'ai pas dit ça. Mais des éléments jugés par vous sans importance peuvent s'avérer extrêmement intéressants pour des yeux avertis. Les policiers en charge de l'affaire feront peut-être des recoupements avec des éléments en leur possession. Vous devriez les contacter, madame.

– Je n'ai pas de temps à perdre et vous non plus. Le bac blanc est dans deux semaines et je sais que vous n'êtes pas prêt. Alors, n'en parlons plus. Concentrez-vous sur vos examens et laissez la police faire son travail. Au revoir.

Je ne renoncerai pas. Mon idée, c'est de récupérer toutes les copies en les réclamant directement à leurs auteurs. La tâche ne sera pas facile. Je ne suis pas apprécié par tous les clans de la classe. Je dois trouver de l'aide, et surtout chez les filles.

Je décide d'en parler à Apolline qui jouit d'un certain prestige. C'est la meilleure en tout, elle épate sans cesse les profs. Un jour, elle m'a expliqué sa méthode de travail :

– Le soir, je ne fais que lire des romans classiques ou des ouvrages philosophiques (oui, je prends un peu d'avance en vue de la terminale) pour ma culture générale. Je me couche vers 20 heures, je mets le réveil à 5 heures et je bosse deux heures et demie chaque matin.

Un tel cerveau peut m'être utile. C'est de plus une fille très sympathique, qui apprécie mon humour et même mes audaces littéraires qui tombent pourtant systématiquement « à côté de la plaque », d'après la prof.

– Au moins, tu n'es pas scolaire, toi, tu oses, a-t-elle déclaré un jour où, sous les sarcasmes et les regards moqueurs, je contemplais un de mes « chefs-d'œuvre » incompris.

La question est : A-t-elle du temps à accorder à mon enquête ?

Ma deuxième cible est Cassandre. Au contraire d'Apolline, elle dispose de temps puisqu'elle se vante de ne jamais apprendre ses leçons et de tout mémoriser pendant les cours. Elle surprend par son sens logique et excelle dans les matières scientifiques et en langues. C'est la bête en version latine. Il m'arrive souvent de prendre l'autobus avec elle pour aller aux séances de piscine, et nous nous entendons bien. Une nuit, j'ai rêvé que nous étions tout nus, enlacés... enfin très intimes, quoi. Je l'aborde en sortant du bahut :

– Alors, tu serais prête à participer à l'enquête ?

– Oui, ça risque d'être passionnant et même dangereux. J'adore avoir la trouille.

– Il faut récupérer en priorité les copies de Sandy et de Salomé. Elles disent partout qu'elles ont failli mourir. Il y a peut-être un rapport avec le meurtre. Mais je n'ose pas leur demander : Sandy me traite de Cro-Magnon parce que je ne me suis jamais rasé et Salomé rougit en détournant la tête quand je m'adresse à elle. Tu peux t'en occuper ?

— Bien sûr. Mais je crois qu'il ne faut pas se contenter de ces deux copies. Il faut réclamer celles de tous les élèves et les examiner dans le détail, de manière scientifique. Je vais me préparer une liste alphabétique et je commence le ramassage demain.

— Moi, je m'occupe de celles de Milan, Philémon, Flavia et Yasmine. Je vais aussi brancher Apolline pour qu'elle nous aide dans nos recherches.

— Tu fais comme tu veux. De mon côté, je pourrais demander à ma copine Cléa... Mais on peut aussi bien se débrouiller sans elles. À deux, ce sera mieux et puis j'ai toujours senti que nous étions faits pour nous entendre. Tu ne crois pas, Erwan ?

Je ne relève pas. Elle me regarde en souriant. C'est son habitude. Je reprends la parole :

— Demain j'irai fouiller chez ma grand-mère. Elle est abonnée au journal local et en stocke des exemplaires pour envelopper les légumes de son jardin. Si j'ai un peu de chance, elle n'aura pas utilisé les bons numéros. Je découperai tous les articles sur le sujet.

— Et on se programme une première réunion dans ma chambre samedi après-midi ?

— Oui. Super !

– Tu me donnes ton numéro de portable et ton adresse électronique ?
– Mes parents n'ont pas trop de fric en ce moment pour payer l'abonnement mais tu peux utiliser mon fixe. Je vais te le noter. Pour l'ordinateur, il est prévu de remplacer à la fin du mois l'ancien qui est hors service. Le problème avec eux, c'est que je ne sais jamais de quel mois ils parlent.

Je sais que j'ai tort mais je suis presque honteux de lui avouer ça. Quand je lui tends le papier, j'ai peur de lire de la pitié dans son regard. Elle me lance comme si de rien n'était :
– Le fixe, c'est bien aussi.

Apolline, comme prévu, s'avère plus difficile à convaincre. Elle ne me le dit pas directement mais je comprends vite que ça ne l'intéresse pas :
– C'est que je m'impose en ce moment un programme assez chargé. Et puis, le week-end, ma sœur qui est en khâgne me fait travailler.
– C'est le bagne !
– Détrompe-toi, Erwan. C'est souvent très amusant. En fait, on discute beaucoup et elle essaie de me faire raisonner intelligemment. Pour ton affaire, je vais m'organiser mais je ne pourrai pas tout de suite. Je vais te rapporter une photocopie de ma copie et…
– Pourquoi une photocopie ?
– Ma mère archive les originaux. Je ne sais pas trop dans quel but mais c'est comme ça. Donc, je disais, vous

commencez à lire et si vraiment il y a matière à enquêter, je te promets de vous aider.

La récupération des copies n'est pas une tâche aussi facile que ce que Cassandre avait imaginé. Certains prétendent ne pas savoir où se trouve la leur, allant même jusqu'à dire qu'ils l'ont peut-être jetée. En fait, je sens qu'ils ont peur qu'on les juge et qu'on rigole de leurs erreurs et des appréciations de madame Darlène sur leur travail. Pour les rassurer, je leur sors ma copie. Sans doute une des plus mal « notées ». Je les laisse la lire et leur promets de ne regarder dans la leur que ce qui peut faire avancer notre recherche, de ne jamais la montrer à d'autres et de ne jamais y faire allusion devant nos camarades. À force d'insister, à la fin de la semaine, nous avons gain de cause.

La collecte des articles chez ma grand-mère n'est pas non plus des plus évidentes. Je veux tous les numéros de la dernière quinzaine. Dans son tas, je récupère cinq numéros de suite. Malheureusement, aucun n'évoque l'affaire. Elle se rappelle qu'elle en a confié une série à sa voisine qui découpe les recettes de cuisine et qui lit la page des décès pour « se tenir au courant des morts du coin ». Elle les lui rend à l'occasion. Je suis donc obligé d'aller discuter avec madame Guiguite, qui se passionne aussi pour le meurtre du notaire. Elle a déjà son hypothèse :
– Il y a une femme là-dessous.
– C'est-à-dire ?

– La vengeance d'une femme. Tu verras quand ils auront trouvé si je n'ai pas raison.

Heureusement, cette visite est fructueuse puisque je trouve plusieurs articles relatant les débuts de l'enquête.

Dès mon retour à la maison, je surligne avec application tous les détails.

Paru le 24 mars, dès le lendemain des faits, voici le premier article sur ce qu'on n'appelait pas encore un crime :

La mort d'un notaire

On a retrouvé Georges Marideau, notaire dont l'étude est située rue Jean-Sébastien-Bach, mort à l'arrière de sa voiture. Le véhicule, une Mercedes bleue, était garé au bord du fleuve, sur l'île aux Chiens, à environ trois cents mètres à l'ouest du pont de l'Europe.

Un pêcheur, Jean-Marc D., qui s'était installé sur l'île en début d'après-midi, a d'abord cru que l'homme faisait une sieste. Ce n'est qu'en repartant trois heures plus tard et après avoir tenté en vain de réveiller celui qu'il prenait pour un dormeur que le jeune homme a donné l'alerte. Les gendarmes sont arrivés sur les lieux à 17 h 19 et ont tout de suite identifié le notaire. La secrétaire de Georges Marideau les avait avertis dans la matinée de sa disparition.

Les enquêteurs n'ont constaté aucune trace pouvant étayer la thèse d'une agression. Ils ont retrouvé dans la veste du défunt son portefeuille renfermant une coquette somme d'argent ainsi que tous ses papiers et ses cartes de crédit. Seule l'hypothèse d'une crise cardiaque était évoquée à l'issue des premières constatations.

Le notaire était installé dans la ville depuis six mois (succession de l'étude de maître Choupinard, parti à la retraite). Divorcé, il vivait seul dans un appartement situé en haut de la rue du Four. D'après sa collaboratrice, c'était un homme très précis et très rigoureux. Il se rendait chaque matin à son étude à pied par les petites rues du centre-ville. Il était d'une ponctualité remarquable. C'est pour cette raison que la secrétaire a donné l'alerte dès la fin de la matinée, constatant qu'il était absent à son premier rendez-vous et qu'il ne répondait à aucun des messages laissés à son domicile et sur son portable. Son clerc, également interrogé, a, pour sa part, fait état de coups de téléphone suspects à l'étude. Le notaire lui aurait récemment fait part de menaces qu'il aurait reçues. Au vu de ces derniers éléments, le procureur a demandé une autopsie pour que soit précisée la cause du décès.

Le surlendemain, on trouvait, toujours dans la rubrique « Faits divers », l'article suivant :

Peut-être du nouveau dans l'affaire du notaire retrouvé mort sur l'île aux Chiens. Les services de la gendarmerie ont indiqué que la voiture du notaire avait été volée dans le garage de son domicile deux jours avant sa disparition. Une plainte avait été déposée par maître Marideau le

21 mars à 19 heures. Les résultats complets de l'autopsie ne seront connus que dans la soirée. Nous savons déjà qu'aucune substance toxique n'a été découverte dans l'estomac de la victime. (Affaire à suivre.)

Je surligne l'article du jour suivant quand mon père débarque dans ma chambre. Il semble très remonté :
— Qu'est-ce que tu fous avec les journaux de Mémé ? C'est comme ça que tu révises ?
— Je fais une petite pause. Je m'intéresse à l'affaire du notaire assassiné et...
— Ne me raconte pas de salades. Tu as passé ton après-midi chez ta grand-mère et chez sa voisine. Je reviens de chez elle à la minute. Alors, tu me ranges tous ces journaux tout de suite et tu te mets au boulot. Si je t'y reprends, je balance tout à la poubelle. C'est compris ?
— C'est compris.
— Tu sais que j'attache beaucoup d'importance à la réussite de tes études.
— Je sais, papa. Mais rassure-toi, je l'aurai, mon bac.
— J'y compte bien.

Il sort et va tout raconter plus calmement à ma mère qui, je le sais d'avance, va prendre ma défense en disant que je suis un être original et qu'il faut m'accepter comme ça. Mon père lui répétera sans doute qu'il n'est pas question que je ne poursuive pas mes études au-delà du bac car je dois occuper à tout prix une place « moins incertaine » que la sienne dans la société.

Le lendemain, au lycée, Cassandre vient d'autorité s'installer près de moi. Elle doit me parler de manière urgente. Je vois aux regards amusés des autres qu'ils nous croient déjà ensemble. Je cherche un réconfort du côté de mes copains qui comme d'habitude ne me déçoivent pas. Tous les deux, chacun de son côté et comme s'ils avaient répété, collent leurs index à la hauteur de la première phalange et, en même temps, avancent leurs lèvres pour mimer un baiser. Je souffle et me retourne vers le tableau. Cassandre me demande innocemment :

– Il y a quelque chose qui te gêne ce matin, mon Erwan... Erwan.

À mon regard atterré, elle se reprend tout de suite. Mais le mal est fait. Ceux de devant ont entendu.

– Excuse-moi, Erwan. Erwan, ça ne va pas ?

– Si, si, merci.

– Je voulais te dire qu'il ne nous manque que deux copies, dont celle de ton copain Philémon. Il paraît que sa mère l'a encadrée, tellement sa prose est géniale, et qu'il lui est donc maintenant impossible de la décrocher pour nous la passer.

Je ne peux m'empêcher de sourire :

– Il te fait marcher. Je vais m'en occuper. Le seul risque avec lui, c'est qu'il l'ait réellement paumée... Si tu voyais l'endroit qu'il appelle « sa chambre » ! Et l'autre, c'est qui ?

– Vladimir.

– Bien sûr, Vladimir.

Comme prévu, la jolie appellation « mon Erwan » est bientôt adoptée par toute la classe, excepté par Apolline qui m'a toujours surnommé « mister » et qui ne voit aucune raison de suivre la mode.

Philémon a, comme je l'ai deviné, inventé son excuse bidon pour me faire rire et accessoirement pour ne pas avouer qu'il n'a aucune, mais alors aucune idée de l'endroit où peut se trouver sa copie. Il promet de la chercher mais c'est, selon ses propres mots, absolument sans garantie.

2

Samedi, à 14 h 22, je sonne à la porte de Cassandre. Elle habite un grand pavillon avec jardin dans le quartier le plus calme de la ville, et « le plus friqué », ajouterait mon frère. Je suis officiellement là pour réviser et compléter des notes : c'est la version pour mes parents. Je suis en visite chez un oncle malade et donc injoignable : c'est celle pour mes deux copains. Cassandre m'attend. Elle porte une robe longue brodée et a attaché ses cheveux avec deux grandes baguettes en bois.

– On va être seuls pendant une bonne heure. Mes parents et ma petite sœur viennent de partir en courses. On peut s'installer dans le salon. On pourra s'étaler.

Je pénètre dans une vaste pièce dont les murs sont décorés de tableaux. Nous nous asseyons dans d'énormes fauteuils de cuir. Cassandre a posé tous les éléments de notre affaire sur une large table basse en verre.

– C'est sympa chez toi ! dis-je avec sincérité.

– Tu trouves ? C'est grand, mais c'est froid. On se croirait dans un musée consacré à de mauvais peintres.

Je comprends qu'elle n'a pas trop envie que je continue à m'extasier sur la déco. Je décide donc de changer de sujet :

– Tu as eu le temps de lire des copies ?

– J'ai tout lu. Mais il faudra recommencer. C'est vrai qu'à la première lecture on a du mal à voir autre chose que des délires d'élèves de première. J'aimerais que tu lises les feuilles de Sandy et de Salomé. Tiens, elles sont là. À mon avis, elles sont sans intérêt. Tu me diras ce que tu en penses.

– D'accord. Pendant ce temps, si tu veux bien, je t'ai surligné des articles de presse sur l'affaire. Je n'ai pas eu le temps de finir. Mon père voulait tout jeter à la poubelle pour que je ne perde pas de vue mon bac. Je n'ai pas osé les ressortir de mon sac.

– Moi j'ai une paix royale. Pas de pression pour les examens. Mon père n'a découvert que très récemment qu'il y avait plusieurs épreuves anticipées du bac en première L.

– Il a confiance ?

– Ou il s'en fout. Allez, passons à autre chose.

Sandy M.
Rue Jean-Sébastien-Bach

Décrire d'accord. Mourir pas d'accord.

J'avais choisi cette rue à cause des boutiques de fringues, les meilleures de la ville, les plus classe, celles qui n'exposent qu'un modèle en vitrine, celui qui résume tout leur esprit. J'aime aussi ces boutiques à cause des vendeuses stylées qui y travaillent. Élégantes, tout en noir, sobres des chaussures à la coiffure, le maquillage léger. Elles font du chiffre avec sept ou huit clientes par jour. Elles ne sont pas surmenées comme ma mère qui vend des chaussures bas de gamme à trente clientes de l'heure au centre commercial, et pire encore quand arrivent les soldes. À force d'y aller, je m'en suis fait des copines, surtout Anna-Lucia (son vrai prénom, c'est Cyndie, mais ça fait moins classe). Elle travaille à la boutique A & A & A. C'est là que j'avais choisi de me poster.

Au début, c'était sympa. On rigolait bien. On avait imaginé un petit jeu avec Vladimir. Je devais garder les yeux tournés vers la vitrine et lui au téléphone me décrivait les gens qui arrivaient à ma hauteur. Sauf que, vous connaissez son humour (un peu lourd mais efficace, dirait mon père), il racontait n'importe quoi pour me surprendre et me faire exploser de rire.

Tout était sur le thème : le défilé de mes prétendants. Je vous donne un exemple, en moins trash (je ne veux pas trop le griller), pour que vous compreniez le genre :

« Premier candidat, la soixantaine, gros bide, clope au bec, il te regarde. Tu peux l'emballer. Admire le spécimen. À droite. »

Là, je me tournais vers la droite et découvrais une dame avec une poussette ou un gamin de quatorze ans.

Effet garanti. J'étais pétée de rire à chaque fois.

Comme, à cette heure-là, il n'y avait pas trop de monde, j'occupais les temps morts à essayer d'apercevoir les nouveautés rangées sur les portants. La boutique n'ouvrait qu'à 10 heures mais je savais qu'Anna-Lucia arrivait toujours une bonne demi-heure avant.

De son côté, Vladimir faisait monter la pression. Dans ses descriptions, il essayait aussi de me faire peur en me racontant des histoires de serial killers et de maniaques sexuels. On rigolait bien.

C'est vers 9 h 40 que ça a dérapé. Il m'avait pourtant prévenue mais je ne le croyais plus.

« Un type, la quarantaine, les yeux exorbités, vraiment cradingue. Il te regarde salement. Il bave comme un chien. Il va te sauter dessus. Tu dois fuir. Je ne déconne pas, Sandy. Barre-toi. Barre-toi vers la gauche. »

Je me retourne comme d'habitude, en suivant son indication. Rien. À peine je veux regarder dans l'autre direction que je sens une odeur de poubelle. Un vieux m'empoigne pour m'attirer à lui. Je sens son souffle alcoolisé. Il m'écrase contre lui. Je n'arrive pas à crier. Je pense à Vlad qui va venir. Il est à cinquante mètres à peine. Il va venir, quand même ! Je me débats mais je me sens étrangement molle, à deux doigts de m'évanouir. Quand soudain survient Anna-Lucia qui d'un coup d'épaule dans l'estomac accompagné d'un cri perçant me détache du monstre et l'éjecte sur la chaussée. Une voiture pile devant lui et klaxonne à fond. Le chauffeur sort de sa voiture et le maniaque se barre en courant et en hurlant un truc du genre : « Miam miam miam miam. »

Anna-Lucia me soutient et m'emmène dans sa boutique. Elle m'assoit sur un de ces petits fauteuils un peu raides mais tellement élégants. Dans ce cocon délicieux, je reprends mon souffle. La voix douce de la vendeuse me réconforte :

— Sandy, vous attirez les hommes, vous êtes tellement jolie, tellement fraîche avec votre teint de bébé et vos yeux de biche.

Je soupire. Je sais que je plais, mais des fois, pour être tranquille, j'aimerais être plus quelconque.

En tout cas, je me souviendrai longtemps de ce 23 mars qui a failli être mon dernier jour.

P.-S. : J'avais juré à Vladimir de ne pas révéler qu'il était avec moi, et non pas rue Jeanne-d'Arc, comme il l'a écrit sur sa copie, entre 9 heures et 10 h 30. Mais vu le comportement d'égoïste et de lâche qu'il a eu ce matin-là, j'ai décidé de rompre ma promesse.

> **Commentaire de la prof.**
>
> *Je trouve que votre devoir est trop centré sur la boutique de prêt-à-porter que vous affectionnez et sur vous-même. Le style est vivant mais souvent trop familier. Même si je peux comprendre que l'aventure que vous avez vécue vous a perturbée, je m'attendais à un travail plus soigné.*
> *P.-S. : Pour Vladimir, j'avais déjà découvert le pot aux roses.*

Salomé B.
En haut de la rue Jean-Sébastien-Bach

<u>J'ai peut-être vu un assassin.</u>

Une heure, cela peut être interminable, quand on est obligé de ne rien faire, comme lorsqu'on attend des heures chez l'orthodontiste et qu'on a oublié son bouquin. On regarde les gens ou on manipule sans les lire les magazines féminins des années 1990 qui tombent en lambeaux.

Ce matin, je me suis ennuyée un long moment, avec en plus le sentiment coupable que tous les autres savaient quoi faire et que moi seule je restais comme une pauvre cloche, le nez en l'air.

Comment m'y prendre ? Vais-je compter les voitures ? Ou les classer par couleur ou par marque ? Comme les jeux qu'on fait quand on s'ennuie en voiture. Je n'ai pas d'imagination, moi. Je n'ai jamais d'idée géniale. Je suis terriblement normale. Ce que j'apprécie depuis qu'on est au lycée, c'est que l'expression écrite a disparu. On ne travaille plus « sans filet ». On a toujours un vrai sujet, voire un texte sur lequel s'appuyer. Alors là, ce devoir, ça m'a fait un choc. C'était comme si je revenais des années en arrière, quand j'inventais péniblement un épisode de mes vacances pour les rendre plus intéressantes et qu'on me reprochait d'aligner des banalités. Je suis sûre que ce que j'écris aujourd'hui sera sanctionné par la même sentence. Ces quelques lignes sont terriblement banales.

J'apercevais de loin Sandy qui s'était plantée devant la boutique la plus chic de la ville. Elle, habillée comme elle était, ne passait pas inaperçue. En voilà une qui est fière de son corps. Elle dit partout qu'elle a déjà fait du mannequinat. Beaucoup de filles y croient.

J'ai vu ce qui lui est arrivé. Enfin, pas tout. Je me suis tournée vers elle quand j'ai entendu des cris. J'ai compris qu'elle était victime d'une agression, peut-être d'un dangereux pervers. Après, quand l'horrible individu a déboulé de mon côté, j'ai eu une réaction incroyable (vraiment pas banale pour le coup). Au lieu de courir, je me suis cramponnée au poteau d'éclairage sur lequel je m'appuyais depuis le début et j'ai fermé les yeux. Mes jambes tremblaient littéralement. Certains disent que, face à un vrai danger, les gens révèlent leur nature profonde, eh bien moi, je suis une imbécile d'autruche !

J'étais folle. Je m'offrais à ce fou furieux comme une proie consentante. J'ai entendu ses hurlements approcher. Ses mains ont effleuré mes vêtements et se sont arrêtées sur mon cou. J'ai même pensé qu'il s'apprêtait à m'étrangler. Je ne sais pas le temps que cela a duré. Je sentais son odeur âcre et je percevais des bruits de succion absolument effrayants. Il me susurrait dans les oreilles :

— Tu vas venir dans ma cabane... Miam miam... Tu vas venir dans ma cabane, toi aussi... Miam miam...

Puis enfin il est reparti en beuglant vers le nord de la ville. Il s'est passé plusieurs minutes avant que j'ouvre les yeux et que je parvienne à détacher mes bras tétanisés du poteau. Il était loin, c'était fini. J'ai peut-être vu un assassin.

P.-S. : Vous avez bien dit que cet exercice ne compterait pas dans la moyenne ? Merci de me rassurer sur ce point.

> **Commentaire de la prof.**
>
> *Malgré un début un peu laborieux, ce que vous écrivez n'est pas sans intérêt. Vous devriez arrêter de vous dévaloriser. Prenez confiance, vous n'êtes pas banale et vous avez des choses personnelles à exprimer. Je ne vous cache pas que j'ai même frissonné dans la deuxième partie. Quelle imagination ! (Enfin, j'espère.)*
> *P.-S. : Je vous confirme qu'il ne s'agissait que d'une expérience hors programme et donc sans conséquences sur votre moyenne.*

Cassandre me regarde terminer ma lecture. Elle demande :
– Alors ? Erwan... t'es d'accord ? Rien à voir avec notre histoire ?
– C'était juste un clochard bourré. Un gars potentiellement dangereux mais n'ayant pas le profil de notre assassin, qui avait méticuleusement préparé son coup. N'empêche, ce Vladimir, toujours fidèle à lui-même...
– L'archétype du gars sur lequel on ne peut pas compter.
– Personnellement, je ne l'ai jamais senti, celui-là.
Un long silence embarrassé suit cette dernière remarque. Cassandre évite mon regard. Je crois qu'elle était un peu amoureuse de lui en début d'année, avant qu'il lui fasse un sale coup pendant un devoir sur table de latin. Je me souviens de l'épisode. Le prof nous avait donné un texte classique à traduire en une heure. Vers la fin du cours, au moment où

chacun s'appliquait à recopier au propre, Vladimir s'était levé pour jeter un papier dans la corbeille et, en revenant à sa place, il avait piqué le brouillon de Cassandre. La pauvre, surprise, n'avait pas osé réagir de peur de le faire punir et de se faire remarquer. Après quelques minutes de panique, elle avait reconstitué sa version et avait pu rendre une bonne copie avant de sortir. Dans le couloir, elle avait explosé, au bord des larmes, en le traitant de « pourri et de tricheur », et lui, au lieu de s'excuser, s'était moqué d'elle... Je décide de changer de sujet :

– Tu as eu le temps de regarder la presse ?

– J'ai fini ce que tu as surligné. Tu veux lire la suite avant moi et terminer le boulot ?

– Oui. Et toi ? Tu veux faire quoi ?

– Lire ton texte d'abord... et les autres que tu as rapportés aussi.

Je fais la moue mais je lui tends tout de suite mon œuvre et le reste. Nous nous sommes engagés à rester très professionnels. Elle saisit le paquet et commence sa lecture. J'ai du mal à me concentrer sur les journaux. Le premier est daté du 28 mars :

C'était un homicide

D'abord, un bref rappel des faits : le 23 mars, le notaire maître Georges Marideau a été découvert mort dans sa voiture sur l'île aux Chiens. Une autopsie avait été réclamée par le procureur car l'entourage du notaire avait fait état de menaces de mort à son encontre. Les résultats complets de l'autopsie ont été communiqués à la presse pendant le week-end. Le médecin légiste est formel, il ne s'agit pas d'une mort naturelle. L'arrêt du cœur a été provoqué par un manque d'oxygène. La victime aurait été étouffée au moyen d'un chiffon introduit dans sa bouche. La police se trouve donc en face d'un assassinat.

Des prélèvements, sur les sièges de la Mercedes, de cheveux n'appartenant pas au notaire ont été transmis à la police scientifique pour analyse. Ces cheveux appartiendraient à plusieurs individus. On aurait également retrouvé de nombreuses empreintes. Des recherches ADN vont être effectuées. Leurs résultats ne seront connus que dans quatre jours.

Comme annoncé, des précisions sont données le 1er avril :

Suite de l'enquête sur l'assassinat de maître Georges Marideau

Les comparaisons d'empreintes, ainsi que les analyses ADN des cheveux recueillis dans la voiture du notaire n'ont pas permis d'identifier le ou les auteurs de ce crime. En effet, les enquêteurs n'ont trouvé dans le fichier central de la police nationale aucune correspondance avec des individus connus de leurs services. Ils ont établi que les cheveux et les empreintes sont ceux de plusieurs jeunes femmes. Munie de ces éléments, la police continue donc ses investigations dans les sphères privée et professionnelle de la victime.

Le dernier article est daté du lendemain. C'est la reprise de l'appel à témoins lancé sur les ondes de Radio C.C.77, qui précise :

> Toute personne ayant été le témoin d'un comportement violent (agression, menaces, cris...) ou de tout événement suspect ou inhabituel, le mercredi 23 mars entre 9 heures et 14 heures, est priée de se rapprocher des services de police.

Cassandre est absorbée par sa lecture. Au bout de quelques secondes, elle remarque que je la regarde. Elle relève la tête pour me sourire et pose devant elle le paquet de copies. Je demande :
— Alors ?
— Ce n'est pas génial.
À la grimace que je fais, elle sait interpréter ce que je pense à cet instant car elle déclare en riant :
— Je ne parlais pas de ta copie, Erwan, qui n'est franchement pas plus mal qu'une autre. À propos des remarques désobligeantes de notre chère professeure, tu liras la mienne. Elle l'a qualifiée d'« ennuyeuse ». Pour une fois que j'y consacrais un peu de temps. Non, ce que je voulais

dire, c'est que je n'ai rien trouvé dans les textes que tu m'as passés. Et toi, la presse ?
— C'est passionnant. Mais comme je n'ai lu que quelques copies, c'est difficile pour moi de faire des rapprochements.
— Exact. Alors, pour la prochaine fois, on échange : moi, je prends la presse, et toi les copies. Là, je te propose de faire une pause. Je t'ai fait des gâteaux pour le goûter.
— Pour moi ? dis-je, un peu surpris.
— Oui, entre autres. S'il en reste, j'en offrirai à mes parents et à ma sœur. Je vais les chercher. Si tu veux, en attendant, lis mon chef-d'œuvre.

C'est plus une injonction qu'une proposition. Cassandre fait son possible pour me mettre à l'aise, pour qu'on soit à égalité. Cette fille est vraiment sympa.

 **Cassandre K.**
Rue Jeanne-d'Arc

Entre 9 heures et 10 h 30 sur le trottoir de gauche, à la hauteur du 26 de la rue Jeanne-d'Arc, j'ai pu observer :

1. Le nombre
63 personnes

2. Le physique
2.1. Le sexe
44 de sexe féminin
19 de sexe masculin
2.2. L'âge
9 de moins de 20 ans
21 entre 21 et 49 ans
33 de plus de 50 ans
2.3. La couleur des cheveux
34 brun foncé
6 blonds
20 châtains
1 roux
1 bleu
1 crâne rasé
(À part le bleu, il est difficile de déterminer si les couleurs sont naturelles.)

3. Les vêtements
3.1. Le bas
3.1.1 Les chaussures
34 paires de chaussures de sport
2 paires de bottes
1 paire de talons aiguilles
26 autres
3.1.2. Les vêtements du bas
44 pantalons
19 robes ou jupes
3.2. Le haut
3.2.1. Les vêtements du haut
11 manteaux
11 vestes
11 gilets ou pulls
21 tee-shirts, chemises ou sweaters
9 rien (haut de robe)
3.2.2. Les couvre-chefs
5 chapeaux
4 casquettes
3.3. La couleur des vêtements
41 plutôt ternes
22 plutôt vifs

En conclusion, je dirais qu'en moyenne l'« homme de la rue » est une femme brune, assez vieille et habillée tristement.

> **Commentaire de la prof.**
>
> *Sérieux mais fastidieux à faire et surtout ennuyeux à lire et pas très littéraire. Seule la conclusion est amusante.*

J'essaie de gommer le sourire que ce texte m'a inspiré. Cassandre n'est pas une fille banale. Elle revient avec un plat fumant. Les brownies sont un peu chauds et le chocolat est encore liquide à l'intérieur. J'adore. Je vois que Cassandre apprécie que j'apprécie. Malheureusement, nous devons stopper net notre festin car ses parents et sa petite sœur font soudain leur apparition.

Son père me regarde de loin avec un petit sourire amusé alors que je range les copies pour les emporter et que Cassandre rassemble les coupures de presse. Seule la petite sœur de six ou sept ans m'adresse la parole :

– Alors c'est toi, Erwan. T'es le chéri de Cassie ?

– Laisse-nous, Anne-Charlotte, tu veux, la reprend Cassandre. Excuse-la, ajoute-t-elle en se tournant vers moi.

– Ce n'est pas grave. Je vais y aller. J'ai promis à mes parents qu'ils me verraient réviser aujourd'hui.

– Je vais te raccompagner à l'arrêt de bus.

Dans la rue, Cassandre explose :

– Ils m'énervent ! Tu crois qu'ils t'auraient dit bonjour ? Des bourgeois coincés et égoïstes, voilà ce qu'ils sont. Bon, changeons de sujet... Tu veux qu'on s'y remette mercredi après-midi ? Je préférerais qu'on aille chez toi. C'est possible ? Ma mère ne travaillant pas ce jour-là de la semaine « pour s'occuper de ses filles », on l'aurait sur le dos.

— Oui, dis-je. Seulement, il faudra avoir nos notes et nos bouquins pour le bac bien en évidence pour pouvoir jouer la comédie si mon père débarque plus tôt. En ce moment, il bosse en intérim et il a des horaires assez flous.

— Pour la comédie, c'est d'accord. Pour revenir aux copies, essaie d'en lire au maximum si tu veux qu'on puisse avancer.

— Ne t'inquiète pas pour ça. Je suis accro à cette histoire.

Mon bus arrive vite. On se fait la bise. J'ajoute avant de me retourner :

— J'ai passé un excellent après-midi.

— Tu dis ça parce que tu aimes le chocolat.

— Je n'aime pas seulement le chocolat, dis-je sans réfléchir.

Je suis monté et la porte se referme derrière moi. Comment va-t-elle interpréter mon « pas seulement » ? L'a-t-elle même entendu ?

3

Comme prévu, je partage mon temps à la maison entre les révisions du bac de français et la lecture des copies. Je réserve les premières pour les moments où mes parents sont présents et je consacre le reste du temps à l'enquête. Je suis beaucoup plus passionné par les textes contemporains écrits par des auteurs mineurs, « mineurs » dans tous les sens du terme, que par ceux des écrivains reconnus.

Grâce aux souvenirs que j'ai des coupures de presse, je fais une première sélection de copies. Je commence par celles des élèves postés ce jour-là rue du Four, car c'est la rue du domicile du notaire. C'était donc son point de départ.

 **Inès L.**
Rue du Four

Introduction méthodologique

Je me suis installée devant la boulangerie-pâtisserie de la rue du Four, au numéro 10. J'ai choisi ce commerce car j'aime regarder les gâteaux et les viennoiseries (les manger aussi, même si ce n'est pas bon pour la santé et pour la ligne). Je voulais surtout être sûre de ne pas m'ennuyer et je sais que cette boutique est très fréquentée.

Je me suis aussitôt rendu compte qu'il était impossible de décrire tous les clients parce que je ne devinais qu'au dernier moment s'ils allaient rentrer dans la boutique ; à l'intérieur, ils étaient invisibles et, quand ils ressortaient, ils disparaissaient très vite de mon champ de vision. J'ai donc pris le parti de décrire certaines personnes que je repérais assez tôt dans la rue sans être sûre qu'elles rentrent dans la boutique. Si c'était le cas, je me débrouillais pour savoir ce qu'elles avaient acheté, si elles n'entraient pas, je déchirais ma feuille.

Les portraits par ordre chronologique

Un homme, la cinquantaine grisonnante, les cheveux plaqués en arrière, la cravate rouge et le costume clair, semble parler tout seul. Je repère bientôt un téléphone portable accroché à son oreille. Il parle boulot avec un de ses collaborateurs. Je saisis deux phrases au vol : « Ils auront ma peau, je te le jure ! » Et : « Il faut qu'on réagisse vite, mon coco. C'est du sérieux. » Il s'interrompt devant la boulangerie où il entre en arborant soudain un large sourire commercial. Il ressort au bout d'à peine trois minutes avec un sandwich à la main. Il s'arrête pour le glisser dans son gros cartable au cuir fatigué. Il repart. Je le suis sur quelques dizaines de mètres. La conversation a repris : « Comment ça, me calmer ? On voit que tu n'es pas à ma place. Et puis je me calme si je veux ! »

Je le comprends, ce monsieur. Il n'y a rien de plus énervant que quelqu'un qui vous dit de vous calmer.

Une fille hyper à la mode, taille mannequin, un bon mètre quatre-vingts, fait son apparition. Elle porte une jupe courte noire, des bottes assorties et une large ceinture blanche avec de gros œillets. Elle marche lentement, sans doute pour qu'on ait le temps de la regarder. Elle rentre dans la boulangerie et ressort avec un sachet rempli de pains au chocolat qu'elle entreprend d'engloutir au plus vite. Elle mâche consciencieusement et reprend son souffle entre chaque bouchée. Pour garder cette silhouette, je suis sûre qu'elle se fera vomir dans la demi-heure. J'ai une cousine qui fait ça. Mais ma cousine, elle est grosse quand même.

Une mamie avec un petit chien moitié caniche et moitié n'importe quoi. Elle porte un manteau marron assorti au pelage de Gigi. C'est le nom de sa chienne. Quand elle l'attache, elle lui parle comme à un enfant : « Tu sais, Gigi, que Maman va revenir !

Oui, tu le sais ! » L'animal ne semble pas inquiet et se met à renifler par terre. Je suis persuadée qu'elle vient tous les jours. Elle doit se choisir un petit plaisir différent pour chaque jour de la semaine.

Le lundi : des chouquettes,
le mardi : un pain au chocolat,
le mercredi : un croissant aux amandes,
le jeudi : un gros flan aux cerises,
le vendredi : une baguette viennoise aux pépites de chocolat,
le samedi : un chausson aux pommes,
le dimanche : des macarons au chocolat et au praliné (mes préférés).

Elle sort avec deux sachets. Gigi a raison d'avoir confiance, elle a pensé à elle.

Un ado, qui devrait être au lycée à cette heure-là, dodeline de la tête, un casque vissé sur les oreilles. Il est habillé comme pour un mariage un peu chic : costume noir et chemise blanche. Je suis sûre qu'il écoute du Mozart. Il se plante devant la boutique et observe avec minutie. Après plusieurs minutes, il entre.

Il ressort et vient tout droit s'asseoir près de moi (sur un banc public). Il déballe son trésor. Il a choisi un éclair au chocolat bien charnu. Il a vraiment décidé de me faire souffrir. Il fait miroiter le glaçage avant d'attaquer délicatement le précieux gâteau par petites bouchées. Il s'interrompt pour manipuler son MP3 et trouver la musique de circonstance pour finir en beauté sa dégustation. C'est du classique. On entend des voix d'enfants très aiguës, des voix d'anges peut-être.

> Commentaire de la prof.
>
> *Texte très agréable et très précis. L'idée de portraits incluant des aspects culinaires est excellente. Vous avez bien mérité d'aller vous offrir quelques délicieux macarons maison de cette excellente pâtisserie.*

Malvina D.
En bas de la rue du Four

J'ai décidé de partager en deux catégories quelques personnes que j'ai rencontrées ce matin-là : les bons et les méchants.

Les bons

Elle a l'air d'être larguée là-bas dans ses rêves. Elle flotte les yeux perdus dans la stratosphère. Les gens comme elle ne peuvent faire de mal à personne, non pas parce qu'ils n'en seraient pas capables s'ils le décidaient, mais parce qu'ils n'y pensent même pas. C'est l'amour qui les guide.

Elle est habillée avec une robe à fleurs comme en mettait ma mère au siècle dernier, dans les années 1970. Elle porte un curieux bonnet rose avec une fleur accrochée, peut-être une vraie. Elle passe près de moi sans me voir. Elle est loin.

Il vient de se taper un gâteau. Il en garde une trace de crème au coin des lèvres, à gauche. Il va être ridicule, à son âge, s'il ne s'en aperçoit pas. Je le trouve presque touchant. Il est comme un petit garçon qui a voulu se faire beau avec son costume.

Il est très décalé dans cette rue ce matin-là. Il doit se sentir un peu seul. Peut-être qu'il aime ça. Il est irrésistible.

Les méchants

Elle se tortille dans sa petite jupe noire. Elle veut que tout le monde sache qu'elle a des cuisses comme sur les photos truquées des magazines. Elle dévore des viennoiseries et n'en laissera pas une miette. Elle est le centre du monde. Je la déteste.

Il regarde autour de lui comme s'il préparait un crime odieux. Il a certainement quelque chose à se reprocher, celui-là, avec son costume de mafioso et ses cheveux collés par un gel luisant. Il tient fermement une valise souple qui renferme sans doute un pistolet équipé d'un silencieux ou une mitraillette. Il fait peur.

C'est la pire. L'odieuse petite vieille avec son manteau en poil de chien semblable à la toison de son caniche. Elle fait semblant d'aimer les chiens mais les élève pour leur fourrure, comme Cruella avec les dalmatiens. Elle les adopte tout petits, les engraisse avec des gâteaux trop caloriques et, quand ils sont bien ronds, elle les zigouille. Qu'elle se méfie, je l'ai repérée.

> **Commentaire de la prof.**
>
> *Vos portraits sont bien troussés et vous avez un point de vue qui oriente votre écriture. C'est réussi.*

Inès et Malvina avaient décrit en partie les mêmes personnages. Le seul qui pouvait peut-être m'intéresser pour l'enquête était l'homme de cinquante ans. Il ne correspondait pas à l'image que je me faisais d'un notaire car il avait un look pas très classique. Mais il paraissait nerveux, comme quelqu'un qui subit une grosse pression. Dans les séries qui passent à la télé, les notaires reçoivent leurs clients dans des bureaux cossus, ils savent garder en toutes circonstances un ton égal et feutré.

La première question à laquelle il faut répondre est :

À quoi ressemblait exactement ce notaire ?

Nous devons, avant de partir sur une fausse piste, savoir son âge, sa corpulence, la couleur de ses cheveux (ou s'il était chauve), sa manière de s'habiller et peut-être d'autres détails. La presse n'a donné aucune précision à son sujet et n'a fait paraître aucune photo.

Le soir même, à table, comme je vois que mon père est détendu, je risque une question, même si, au moment de la poser, je me demande si ça ne pourrait pas lui remettre en mémoire son dernier coup de gueule :

– Quelles études faut-il suivre pour être notaire ? Tu le sais, papa ?

Mon père esquisse un sourire. Il aime que je l'interroge. Cela lui rappelle quand j'étais plus petit et que je croyais qu'il savait tout. Il apprécie aussi que je me projette dans l'avenir et que j'envisage un métier prestigieux que lui n'a pas pu exercer.

– Pour les études, c'est du droit. Au moins cinq ou six ans après le bac. Ensuite, tu travailles chez un notaire comme clerc. Mais pour être vraiment notaire, il faut être riche. Car une charge de notaire, ça s'achète. Alors, mon grand, pour toi, ça ne sera pas pour tout de suite. Il faut trimer une grande partie de sa vie pour l'obtenir. C'est plus facile pour ceux qui sont nés dans une famille aisée ou qui ont un père notaire.

– Il faut que tu gagnes au Loto. Pour les pauvres, on a toujours le rêve, ajoute mon grand frère qui aime se mêler à la conversation.

Le lendemain, je fais un compte rendu à Cassandre avant le premier cours.

– Tu sais que t'es génial, mon cher. Tu as trouvé la méthode ! Maintenant, il nous faut un plan de la ville. On doit se concentrer sur les rues empruntées par le notaire ce matin-là et placer le nom des élèves postés entre son domicile et son travail.

– Merci, dis-je, un peu étonné de ce compliment. Et comment être sûrs que le personnage décrit par Inès et Malvina est le notaire ?

– Inès a l'air d'être très bien introduite dans cette boulangerie-pâtisserie, elle pourrait nous aider. Je vais lui en parler pendant la cantine.
– Moi, je passerai à la mairie après le lycée pour m'occuper du plan.
– Parfait. Demain, rapporte-moi les copies de la rue du Four, je voudrais les relire.

Elle marque un temps et reprend :
– Et chez toi ? Ils commencent à être rassurés ? Ils te voient travailler ?
– Eux, oui. Moi, par contre, je ne sais pas par quel bout m'y prendre. J'ai l'impression que le peu que je fais ne me servira à rien. Je n'ai pas pris de notes régulièrement en français et celles que j'ai sont couvertes de dessins de monstres. Tu sais, avec Milan, on a passé un trimestre à mémoriser toutes les capitales africaines, et un autre les stations du métro parisien, ça m'étonnerait que ça tombe comme sujet en français.
– Dans l'intérêt de l'affaire, je vais te photocopier mes fiches. Tu verras, avec ça, tu te sentiras mieux pour tes révisions et tu pourras te consacrer l'esprit apaisé à notre énigme pendant ton temps libre. Et pour les autres matières ? Enseignement scientifique et maths-info ?
– Les manuels sont bien foutus et je m'y retrouve mieux.
– Super.

À ce moment-là, mes copains nous rejoignent.
– Tu nous le prêtes cinq minutes, Cassandre ? demande Philémon. C'est urgent.

Je devine le sujet capital qu'ils veulent aborder mais je n'en laisse rien paraître :
– Je vous écoute, les gars.
– Mercredi, c'est toi qui es de gâteaux. Tu n'as pas oublié le club, mon Erwan ?
– Ton tonton n'a pas fait de rechute, j'espère ? s'enquiert ironiquement Milan.
– Je serai là comme prévu à 18 heures pétantes, les gars.
– Et Cassandre ? Elle est... bien. Elle est...
– Vous êtes lourds.
– Mais c'est pour ça que tu nous aimes, mon Erwan.

Comme prévu, je passe à la mairie pour récupérer un plan de la ville. La dame de l'accueil, qui semble s'ennuyer ferme au moment de mon passage, m'en propose même plusieurs :
– Tu peux en donner à tes petits camarades. C'est très utile et j'en ai plein. Mais au fait, tu veux que je t'aide à trouver une adresse ? Tu sais, moi, je connais tout le monde, à cause de mon travail.
Comme elle a l'air de réclamer que l'on recoure à ses services, je tente une question directe :
– Est-ce que vous connaissiez le notaire, celui de la rue Jean-Sébastien-Bach ?
– L'ancien ou le... ou celui qui est mort...
Elle baisse soudain le ton :
– ... assassiné ?
– Le mort.

– Je l'ai rencontré, il y a quatre mois, quand monsieur le maire recevait les personnes importantes de la ville pour la cérémonie des vœux. Je n'ai pas eu l'occasion de lui être présentée, il y avait tellement de monde. Mais je peux te dire que c'était un bel homme. Quel gâchis !
– Il avait quel âge ?
– Il était dans la force de l'âge. Une petite cinquantaine, très élégant, avec les cheveux à la Rudolph Valentino. J'ai seulement trouvé sa cravate assez voyante, enfin, à mon goût. Il m'a semblé un peu distant, un peu froid. Peut-être était-il timide ? Aujourd'hui, je regrette de ne pas l'avoir abordé. S'il avait été plus entouré, le drame aurait peut-être été évité.
– Qui sait ? C'était peut-être son destin, dis-je machinalement.

C'est une phrase typique de ma grand-mère, une de celles qu'on peut placer dans toutes les circonstances.

– Et quelle était la couleur de son costume ?
– Tu poses de drôles de questions... Pourquoi tu as besoin de savoir ça ?
– Je m'intéresse aux mystères non résolus. Je veux devenir détective plus tard.
– Moi, si c'était à refaire, je deviendrais exploratrice au pôle Nord. Il paraît que c'est beau et qu'il n'y a pas de moustiques. Où en étions-nous ? Ah oui, comment était-il habillé ? Je me souviens très bien. Il portait un costume couleur crème, en lin. C'est plutôt pour l'été, d'habitude. Mais ça lui allait très bien.

Après avoir salué ma nouvelle copine, je me dépêche de rentrer pour ne pas éveiller les soupçons sur mes activités parallèles.

Pendant que je révise ostensiblement, le téléphone sonne dans le salon. C'est mon père qui décroche. Comme je ne l'entends pas hurler pour appeler l'un d'entre nous, je me replonge dans ma rêverie. Au bout de quelques minutes, il entre dans ma chambre et annonce :

– Une certaine Cassandre te demande. Elle a besoin de vérifier quelque chose avec toi. Si j'ai bien compris, c'est à propos d'un texte que vous révisez.

– Et pourquoi tu as attendu si longtemps avant de m'appeler ?

– On a parlé un peu. Elle est charmante, sérieuse et polie. C'est mieux que tes copains du club des bouffeurs de gâteaux. Mais qu'est-ce que tu discutes ? Il ne faut pas la faire attendre !

Je fonce vers le salon et mon père rentre dans la cuisine. Je sais ce qu'il va raconter à ma mère.

– Salut, ça va ?

– Oui, oui. Au moins, ton père, il me parle à moi. J'appelle pour notre affaire. Inès n'ira pas interroger la boulangère. Elle est trop timide. Elle a surtout peur de passer pour une « fille bizarre ayant des préoccupations malsaines », je te cite ses mots exacts. Tu trouves que nous sommes malsains ?

– Non, c'est le propre de l'homme de vouloir comprendre les mystères de la nature humaine.

– On voit que tu révises tes classiques. Par contre, elle m'en a dit un peu plus sur les menaces dont il se plaignait. En fait, il aurait cité un nom à plusieurs reprises, mais elle n'est pas sûre d'avoir bien entendu. C'était quelque chose comme Wess ou Wass...

Je lui raconte comment j'ai obtenu les renseignements que nous cherchions en allant demander le plan de la ville. Elle non plus ne connaît pas Rudolph Valentino mais elle me promet d'interroger « Gogole » dans la soirée. Elle conclut :

– Je crois qu'on tient notre homme. Bravo pour ton sens de l'improvisation.

Ensuite, il y a un long silence au téléphone. C'est comme si on n'avait plus rien à se dire ou plus certainement des choses à se dire qu'on ne parvenait pas à exprimer. C'est moi qui romps le silence :

– À part ça, tu vas bien ?

– Oui. J'ai hâte d'être à mercredi après-midi. Et toi ?

– Moi aussi.

Le soir, au repas, mon père me fait subir un interrogatoire en règle. Il veut tout savoir : le nom de famille de Cassandre, son adresse, la profession de ses parents. Je reste très allusif. C'est ma vie. Il finit par déclarer :

– En somme, c'est une fille bien.

– Une vraie bourge, ajoute mon frère. Tu fréquentes une vraie bourge.

Je ne relève pas, mais ma mère intervient :

— Ne te mêle pas de juger les fréquentations de ton frère, « monsieur Je-sais-tout ». Et puis, cette fille, elle n'a pas choisi de naître dans une famille aisée. Tu n'as rien à lui reprocher.

Avant de dormir, je décide de me lire une nouvelle copie. Je choisis celle de mon copain Milan et je ne suis pas déçu.

Milan L.
Au café de la Paix, à l'angle de l'avenue du Maréchal-Leclerc et de la rue Du-Guesclin

<u>Documentaire animalier : un point d'eau au petit matin dans la savane</u>

Ce matin, j'observe aux jumelles les animaux qui s'abreuvent avant de lutter pour leur survie.

Une girafe aux sabots vernis se désaltère à petites gorgées d'une eau noirâtre.

Un hippopotame siffle un liquide rouge translucide. Son gros derrière gris cache deux bécassines aux tons orangés qui piaillent l'une en face de l'autre sans s'écouter. Elles s'interrompent parfois pour boire une eau chaude où flottent des débris de feuilles odorantes.

Une hyène dont le pelage tacheté se fond si bien dans le décor observe l'horizon. Les yeux dans le vague, elle vide méthodiquement des flaques contenant un liquide doré et mousseux.

Elle en est à sa quatrième. Peut-être se noiera-t-elle dans la cinquième. Parfois, elle redresse la tête et balaie du regard les animaux qui traversent la piste.

Une jeune lionne gracieuse remue sa crinière. Elle n'a plus soif mais ne se décide pas à s'éloigner du troupeau. Un long cri la fait sursauter. Son oreille capte des sons venus de très loin. Elle déplie son grand corps et s'en va sans un regard.

Deux feuilles de bananier s'agitent doucement, un rhinocéros poilu se cache derrière. On voit parfois une patte émerger pour saisir un liquide qui ressemble à celui de la girafe.

> **Commentaire de la prof.**
>
> *Cette métaphore animalière est bien menée, mais c'est un peu court.*

Heureusement qu'il y a des élèves comme Inès ou Malvina pour écrire des textes plus classiques qu'on peut exploiter. Il n'y aura rien à tirer de ce délire zoologique.

4

Mardi matin, j'arrive en avance en espérant que Cassandre ait fait de même. Des petits groupes se sont formés, où se mélangent des élèves de différentes classes. Elle n'est pas là. Clémence se plante devant moi :

— Bonjour Erwan, tu n'as pas vu Cassandre ?
— Non, pas encore.
— C'est à propos de l'affaire du notaire assassiné. Vous en êtes où ? J'imagine que tu as lu mon texte.
— Non, pas encore.
— Lis-le. C'est une priorité. Je suis certaine qu'il recèle la clef de l'énigme. Vous avancez, au moins ?

Comme je ne réponds pas, elle reprend, légèrement énervée :

— Erwan, tu dois me raconter ! Vous avez promis de nous tenir au courant.

Je lui fais un rapport rapide sur l'état de l'enquête en mettant surtout l'accent sur les coupures de presse. Heureusement, mes deux copains arrivent et entreprennent de me chatouiller. Clémence se rend compte que notre discussion s'arrête là.

– Alors, le tombeur ? commence Philémon. Tu n'arrêtes plus : Cassandre, Clémence. Tu te spécialises dans les bonnes élèves ?

– Tu crois qu'à leur contact tu vas devenir plus intelligent ? ajoute Milan.

– Mon papa dit que c'est mieux de fréquenter des filles sérieuses que des garçons qui ne pensent qu'à s'empiffrer de gâteaux à la crème.

– Ton père ne connaît rien à la vie, conclut Philémon.

Cassandre arrive à la dernière seconde avec son amie Cléa, juste au moment où le professeur ferme la porte. Elles lui sourient poliment en s'excusant. Sa copine adresse à Cassandre, qui vient s'asseoir à côté de moi, un clin d'œil complice. Il semble maintenant acquis pour tous que c'est sa place naturelle. Mes deux copains restent entre eux et les solitaires qui parfois s'asseyaient près de moi semblent y avoir renoncé.

Le cours très rébarbatif nous permet d'échanger de nombreux messages. Cassandre m'apprend que Rudolph Valentino mettait de la brillantine, un gel de l'époque, ce qui lui faisait comme un casque luisant sur la tête. Nous sommes maintenant pratiquement sûrs que c'est lui qu'ont décrit Inès et Malvina. Je lui fais part de la réflexion de Clémence. Cassandre suggère que je lise la copie de notre camarade de classe pendant qu'elle s'assure que le prof ne remarque rien.

 **Clémence T.**
*Boulevard de la Libération,
au niveau du passage de la Fraternité*

Avertissement : ce texte n'est pas une fiction.

J'étais postée sur le boulevard de la Libération. Je ne sais pas exactement pourquoi j'avais fait un tel choix. J'avais dû confondre. C'est un lieu de transit aux murs noircis par les gaz d'échappement. Pas une seule boutique, des trottoirs rapiécés et cabossés. Un ou deux entrepôts, beaucoup de portes de garages et des murs aveugles. L'ensemble étant « décoré » par des tags tous plus laids les uns que les autres. Un endroit qui pourrait faire peur. Sauf qu'on n'y est jamais seul grâce au flot continu de voitures, camionnettes et poids lourds, auxquels s'ajoutent quelques coursiers à moto ou à scooter. Bref, un endroit sinistre et inintéressant, à part un détail (qui pour moi changera tout !) : une grosse Mercedes bleue à l'arrêt sur le trottoir, garée là où débouche le passage de la Fraternité.

Je me suis donc approchée, pensant découvrir une voiture volée pour une virée nocturne puis abandonnée parce que le réservoir était à sec. Je m'apprêtais à jouer les détectives, à chercher des indices étayant mon hypothèse, quand je me suis aperçue qu'il y avait une femme assise à l'avant, à la place du passager. Quand je suis passée près d'elle, elle a baissé la tête pour dissimuler son visage derrière une épaisse chevelure rousse qui tombait en cascade. Je n'ai pas osé m'attarder pour la fixer davantage. J'ai donc dépassé la voiture et suis allée me cacher dans un renfoncement que m'offrait une entrée de garage. J'étais à une vingtaine de mètres et je pouvais l'épier tout à mon aise. Cette femme-là mijotait un sale coup. Elle scrutait les alentours, peut-être pour s'assurer que j'étais partie. Son regard dur m'effrayait. J'ai même failli m'enfuir par le boulevard en direction du fleuve. J'ai résisté car j'avais le sentiment que je tenais mon sujet et qu'il se passerait forcément quelque chose.

À intervalles réguliers, je jetais un coup d'œil vers elle. Elle attendait, maintenant figée comme une statue. Soudain, comme je m'exerçais à respirer profondément dans mon recoin, j'ai entendu une porte claquer. Un homme a pris place près d'elle. Il arborait une épaisse moustache châtain et était coiffé d'une casquette de cuir qui lui masquait presque entièrement les yeux. La femme en le contemplant a semblé un instant amusée. Il lui a rendu son sourire. Puis elle a mis de larges lunettes de soleil. Ils faisaient peur tous les deux.

La voiture a démarré et bientôt s'est infiltrée dans le flot des véhicules qui roulaient vers le sud.

Qu'avaient-ils donc commis qui les rendait si satisfaits ? Avaient-ils tué quelqu'un ? volé une bijouterie ? J'étais certaine à cet instant que leurs exploits rempliraient bientôt la page des faits divers.

Note pour vous : Je sais, madame, que vous allez sourire en me lisant. Je sais que vous pensez que, dans notre petite ville assoupie, voire un peu morte, il n'arrive jamais rien. Mais là, je crois sincèrement qu'il s'est produit un drame dont on reparlera.

> Commentaire de la prof.
>
> *Tout d'abord, félicitations pour votre style soigné et votre vocabulaire riche et précis. Le récit est plaisant à lire. Pour ce qui est de votre dernier paragraphe, je dirais que vous m'avez <u>presque</u> convaincue. La vie vous apprendra qu'on se fie bien trop souvent aux apparences ou qu'on ne voit que ce qu'on a envie de voir.*

À l'intercours, Cassandre m'interroge :
— Alors ?
— En dehors du fait qu'ils sont sur un des trajets possibles du notaire ce matin-là, je ne vois pas.
— Et la Mercedes bleue...
— C'est vrai, comme celle de la victime. C'est une piste à creuser.
— Peut-être. Je ne vais pas te cacher que ce texte, à l'instar de notre chère professeure, ne m'a pas tout à fait convaincue. Cet avertissement solennel au départ et puis ce

décor glauque si finement planté qui introduit l'action : c'est trop parfait. Ça sent le fabriqué.
— Clémence n'est pas du genre à en rajouter.
— Je n'ai pas dit ça, mais elle a peut-être interprété la situation d'une manière inconsciente. Je crois que c'est l'hypothèse que fait la prof. Si tu veux, on peut aller sur les lieux tous les deux après le lycée.

À 17 heures, je salue mes copains et rejoins Cassandre. Elle m'entraîne tout d'abord devant le domicile du notaire puis nous descendons la rue du Four. On en profite pour regarder les pâtisseries. Je propose :
— Pour les besoins de l'enquête, je pense qu'il faudrait que nous goûtions leurs produits.
— Tu as raison, nous devons rester professionnels.
Nous engouffrons chacun avec plaisir notre éclair au chocolat et confirmons que c'est un lieu très intéressant.
Nous traversons l'avenue du Général-de-Gaulle pour pénétrer dans le passage de la Fraternité afin de vérifier ce qu'a écrit Clémence.
Je suis d'abord saisi par l'odeur de poubelles. C'est très sale. Il y a un mur noirci par un feu (peut-être volontaire), des cadavres de bouteilles, des papiers gras et des mégots près de trois gros containers à ordures. Un petit portail donne sur une arrière-cour. Trois types louches fument non loin de là. Ils nous dévisagent, cherchant sans doute à nous impressionner. C'est réussi. Cassandre saisit ma main et la serre. Nous pressons le pas. S'ils le veulent, ils peuvent nous

rattraper en quelques pas rapides. Ça y est, nous sommes sur le boulevard et ils n'ont pas bougé. Nous ne nous remettons à parler qu'après avoir parcouru presque une centaine de mètres.

— Ils font du trafic, ceux-là, c'est sûr, me glisse ma copine.

— Ce passage est sombre, même en plein jour. Il dessine une courbe au bout d'une vingtaine de mètres, ce qui fait que, de la rue piétonne, on ne peut pas suivre des yeux une personne jusqu'au boulevard.

— Et ?

— C'est propice à un guet-apens.

— On devrait, suggère Cassandre, revenir sur nos pas pour retrouver son poste d'observation.

À cet instant, nous nous apercevons que nous nous tenons encore la main. Mon amie a, je crois, un sourire. Moi, je tourne la tête.

— Ce doit être ce recoin, dit-elle en montrant un décrochement qui donne sur un garage, je n'en vois pas d'autre.

— C'est très éloigné de l'endroit où était située la voiture. Je me demande comment Clémence a pu être si précise.

Nous sommes un peu déçus par notre expédition qui ne nous a pas vraiment éclairés. Nous regagnons l'arrêt du bus sans parler.

Vers 22 heures, mon père passe me voir. Je suis en train de relire pour la quatrième fois une scène d'une pièce de Marivaux et je ne comprends toujours pas pourquoi la prof a éclaté de rire en nous la lisant à haute voix. Elle a souligné l'humour du dramaturge devant une assistance qui se demandait si elle était dans son état normal. Je relève la tête pour connaître la raison de sa visite :

– Je passais juste te dire bonsoir... Je vois que tu t'y es mis, c'est bien. Ne travaille pas trop tard tout de même, le sommeil à ton âge, c'est très important. Demain, tu vas voir tes copains comme d'habitude ?

– Non, un peu plus tard. J'ai prévu de réviser avec Cassandre une grande partie de l'après-midi. Je ne passerai voir mes potes que vers 18 heures.

Mon père semble assez content de ma réponse. Comme l'inspection est terminée, je m'autorise à piocher dans le paquet de copies de mes collègues lycéens.

Apolline J.
Avenue du Général-de-Gaulle, sur un banc situé près de l'entrée de la cathédrale

Cathédrale de l'oppression

Tes fleurs « courage » résistent aux assauts de l'hiver,
Tes graviers crient sous le pas lourd d'un militaire,
Des oiseaux font leur nid dans les bras de tes ifs
Mais cette sérénité leurre le passant passif.

Tes arches ne soutiennent plus qu'un temple à touristes.
Un pigeon débile souille la croix de ton Christ.
Tes gargouilles malsaines bavent sur le ciel bleu,
Elles gardent la mémoire de tes instants hideux.

Du triste troupeau des pauvres par toi condamnés :
Les femmes exaltées asphyxiées sur ton bûcher,
Les parfaits cathares, les Ventres bleus massacrés.

Insensible au malheur, tu traverses le temps,
Mais où est ta puissance qui faisait taire les gens ?
Je déteste ta beauté pour l'éternité.

Amen.

> **Commentaire de la prof.**
>
> *Brillant poème très classique (sauf le dernier vers). C'est techniquement juste. Était-ce le lieu pour exprimer vos opinions anticléricales, permettez-moi d'en douter.*

Yasmine G.
Dans la cathédrale

Ce n'est pas beau d'écouter les conversations mais c'est plus fort que moi.

C'est l'histoire de Rudy. Avant de le découvrir physiquement, je l'ai d'abord entendu. La porte capitonnée s'était refermée un peu brutalement, ensuite, j'ai perçu sa démarche lourde et hésitante sur le pavage. Il s'est assis près de la porte d'entrée, à quelques mètres derrière moi. Il a prié à voix basse pendant quelques minutes puis il s'est relevé avant de progresser dans l'allée centrale vers le chœur. Il regardait autour de lui et semblait chercher quelqu'un. Il avait le crâne rasé et portait un jean usé, un tee-shirt gris frappé d'une marque de bière et un blouson kaki. Il était plutôt grand et costaud. Son front était luisant à cause de la transpiration. J'ai compris qu'il voulait voir le curé. Celui-ci est arrivé une dizaine de minutes plus tard. Il a salué l'assistance avec un sourire discret et s'est dirigé vers le fond de l'église. Rudy s'est levé pour lui barrer la route. Il y est parvenu juste à ma hauteur, de sorte que j'ai pu parfaitement entendre ce qu'ils se disaient :

— Je m'appelle Rudy. J'ai besoin de vous parler. C'est une urgence. Après, je dois quitter la ville vite et je...

— Ce n'est pas possible, mon enfant.

— S'il vous plaît, monsieur le curé. Si vous savez ce que... je fais moi aujourd'hui... C'est urgent.

– Bon, mais j'ai un office dans moins de vingt minutes. Je vais vous prendre en confession mais, s'il vous plaît, ne me mettez pas en retard. Allez tout de suite à l'essentiel.
– Merci beaucoup, mon père.

Vu son français approximatif et son accent, j'en ai conclu qu'il était étranger, peut-être allemand ou d'un pays d'Europe centrale. Je me suis dit qu'il était peut-être de la Légion étrangère, où on trouve des gars de toutes les nationalités.

Rudy a suivi calmement le curé jusqu'au confessionnal. Quand ils ont été installés, j'ai décidé (c'était pour donner de l'intérêt à votre devoir, évidemment) de me rapprocher pour ne rien manquer des aveux de mon personnage.

Je me suis assise discrètement et j'ai tendu l'oreille, mais impossible de comprendre. Pourtant ils se parlaient. Il aurait fallu un silence général, mais les gens ne respectent plus les lieux de culte. Ils déambulent et bavardent. J'ai donc choisi de m'approcher encore. Comme je ne pouvais pas stationner trop longtemps – ils auraient senti ma présence – j'ai entrepris de raser l'endroit où ils se trouvaient en passant très lentement. Lors de mon premier passage, cela a été l'échec complet car tous les deux étaient muets à cet instant-là. Ma seconde tentative m'a permis d'entendre cette parole du curé : « Vous savez que c'est très grave, Rudy. » Mon troisième passage a malheureusement été le dernier car une dame me fixait comme si elle m'avait percée à jour et qu'elle allait me dénoncer. Je l'ai fixée à mon tour et elle a détourné le regard mais j'ai compris que le manège devait s'arrêter là. C'est Rudy qui a parlé à ce moment-là : « Je ne peux pas, monsieur le curé... Je ne peux pas. »

Pourquoi Rudy était-il là ? Avait-il tué quelqu'un ? Les militaires, c'est quand même leur travail de « flinguer les gens ». Dans le cadre de la guerre, bien sûr. Les militaires confessent-ils leurs fautes après la bataille ? Que font les militaires en dehors des guerres ? La guerre pour de faux ? Ils ne peuvent pas vraiment s'entraîner, alors ? Peut-être que, pour Rudy, c'était trop dur de faire semblant et qu'il a voulu essayer pour de vrai. Avais-je devant moi un assassin ?

C'est fini. Les deux hommes se sont levés et Rudy quitte lentement la cathédrale. Le curé disparaît par une petite porte de côté.

Au fond, j'aurais bien aimé qu'il me parle, à moi, ce Rudy. J'étais à deux doigts de le suivre dans la rue et de l'aborder. Même si la situation aurait comporté certains risques. Je ne lui aurais fait aucun reproche. Déjà parce que j'aurais eu trop peur et que j'ai vu dans un film qu'il ne faut jamais le faire. Il faut essayer d'entrer en contact, par le regard, pour mettre la personne en confiance, peut-être même lui prendre la main. Je sais le danger potentiel que représente un tel individu mais ce doit être une expérience inoubliable. Enfin je crois. Et puis, surtout, c'est tellement bon d'avoir peur pour de vrai.

> **Commentaire de la prof.**
>
> *Je ne sais trop quoi penser de votre travail. J'espère qu'il s'agit d'une extrapolation littéraire de faits dont vous avez été le témoin, que ce que vous racontez là n'est pas entièrement vrai. Sinon, rétrospectivement, je suis effrayée.*

Ce matin, pendant le cours de géo, Cassandre fait le point avec moi :

– Pour l'instant, on est seulement sûrs d'une toute petite partie du trajet emprunté par le notaire pour rejoindre son étude ce matin-là. Hier soir, j'ai bien observé le plan. *A priori*, le chemin le plus probable, c'est la rue Galilée et le passage de la Fraternité qui est une sorte de raccourci. Mais Clémence ne l'a pas vu sortir par là. Il a également pu prendre l'avenue du Général-de-Gaulle puis le boulevard de la Libération mais, là encore, Clémence aurait dû le voir. Or elle a affirmé qu'il n'y avait aucun passant, mais peut-être est-ce une exagération de sa part ? Il faudra l'interroger à ce sujet pendant la récré. Je crois qu'on va réussir tous les deux parce qu'on est doués.

En disant cela, elle tapote mon genou. Je recouvre sa main et la serre doucement. Je sens comme un picotement agréable au creux de mon ventre. J'aurais envie de l'embrasser.

– Erwan, interroge le prof, vous pourriez nous rappeler les principaux atouts économiques de l'Allemagne ?

— Avec plaisir, monsieur.

Je me tourne vers Cassandre qui se cache le visage. Les autres nous regardent, un petit sourire aux lèvres. Ces quelques secondes m'ont permis de retrouver mes esprits :

— La prospérité de l'Allemagne est fondée sur son réseau de petites et moyennes entreprises très compétitives. Euh, vous voulez que je continue ?

— Non, ça ira. Essayez tout de même de rester attentif.

— Bien sûr, monsieur.

Nous ne reprenons notre discussion qu'à l'issue du cours :

— J'ai eu peur mais tu t'en es bien tiré. Moi, j'étais toute rouge, comme si j'avais quelque chose à me reprocher.

Nous retrouvons Clémence dans les couloirs. Elle est catégorique :

— Ce n'est pas une figure de style. Aucun homme à pied n'a parcouru cet immonde boulevard quand j'y étais.

— Il a donc fait un détour en passant plus au sud par la rue Jeanne-d'Arc, propose Cassandre.

— Pas nécessairement.

— Il ne s'est pas volatilisé !

— J'ai une théorie, reprend Clémence. Il a bien pris le passage de la Fraternité mais il est tombé dans un guet-apens. Il a été assommé puis jeté dans la voiture de mes deux suspects qui s'en sont ensuite débarrassés sur l'île aux Chiens.

– Tu tiens absolument à ce que ces deux-là soient coupables ?

– C'est mon instinct et il ne me trompe jamais, vous verrez. Et puis la Mercedes bleue, c'est celle du notaire, celle où on a retrouvé un cadavre à l'arrière.

– Il y a sans doute plusieurs voitures de ce type en ville, tempère Cassandre.

– Nous en reparlerons, conclut Clémence en nous souriant, sûre d'elle.

Comme elle s'apprête à nous quitter pour rejoindre une copine, je la retiens en lui effleurant le bras :

– Juste une précision, tu n'as rien vu à l'arrière quand tu t'es approchée ?

– Si, il y avait une couverture qui recouvrait intégralement la banquette. On devinait dessous une forme longue et massive qui, pour moi, sans l'ombre d'un doute, pouvait être un cadavre. Je me suis retenue d'en parler dans mon texte parce que la prof aurait hurlé à l'interprétation alors que j'avais pris le parti de m'en tenir à une description strictement réaliste.

Devant mon regard ébahi, elle demande, très fière de son effet :

– Je peux y aller maintenant ?

5

Je guette Cassandre par la fenêtre. J'ai exceptionnellement rangé ma chambre. Mes parents sont au boulot et mon frère est à une « répète » de son groupe de rock nommé *Les Camemberts électriques*. Il est bassiste. Il s'exerce le soir sans ampli en écoutant des disques des Stones et de Lou Reed, des idoles du siècle dernier. Il ne rentrera au mieux qu'à l'heure du repas.

Je la regarde approcher. C'est la première fois qu'elle vient mais elle n'a pas l'air de chercher. Elle est entrée dans l'immeuble. Je vais écouter derrière la porte les sons produits par l'ascenseur. Je lui ouvre avant même qu'elle ait sonné. On s'embrasse sur les joues. Pour la première fois elle accompagne cette action en me saisissant par les épaules. Nos corps sont très proches, presque à se toucher.

– Je t'ai photocopié toutes mes fiches de révision, dit-elle en sortant de son sac une liasse de feuilles. J'espère qu'elles te serviront.

– Tu me sauves la vie. Tiens, on va les mettre bien en évidence sur mon bureau, au cas où mon paternel débarquerait. Je vais aussi disposer quelques livres ouverts pour faire plus vrai.

– J'adore cette ambiance de clandestinité.

Nous déplions la carte de la ville par terre. Je constate que Cassandre a ajouté les prénoms au stylo rouge.

– J'ai placé le prénom de chaque élève à l'endroit où il se trouvait ce matin-là. Reprenons au début. Le notaire, en sortant de son domicile, a pris la direction du sud en descendant la rue du Four. Il a été décrit successivement par Inès et Malvina. Je vais marquer le parcours en rouge. Ensuite, il aurait pu être observé par Philémon qui stationnait au début de la rue Galilée en face du passage de la Fraternité. Mais ton copain a perdu sa copie et il ne se souvient de rien de marquant durant cette expérience littéraire.

– Je vais chez lui ce soir. J'essaierai de chercher.

– En attendant, nous allons nous concentrer sur cette grosse voiture bleue et ses curieux passagers. Quelqu'un l'a peut-être vue sur le chemin de l'île aux Chiens. Il faut reprendre en priorité les copies de Flavia, Paco, Cléa et Julie.

Elle feuillette les textes quelques instants et m'en tend quatre :

– Tu veux bien les lire à haute voix ?

Je commence par le texte de notre amie Flavia.

Flavia I.
Au feu tricolore, quai de la Résistance,
à l'angle du boulevard de la Libération

J'ai choisi de présenter mon travail sous forme de petites annonces avec à chaque fois une description rapide mais précise des gens rencontrés et de leurs aspirations, imaginées par moi car je n'ai pas fait d'interviews.

Jeune femme blonde, élégante, bonne situation, trente-cinq ans, cherche homme entre trente et quarante ans, sans enfant, pour relation stable.

Beau camionneur aux yeux bleus cherche jeune femme libre et aventurière pour aller au bout du monde livrer des frigos.

Homme soixante-dix ans cherche nain de jardin culturiste pour compléter sa collection.

Femme, quarante-cinq ans, sensuelle, cherche professeur de tango pour danser comme une reine et changer de vie.

Couple déjà bien mûr rentrant d'une folle soirée costumée sur le thème des années 1970, avec un copain bourré à l'arrière. Ceux-là semblent bien s'amuser dans leur petite existence.

Livreur de pizzas à mobylette, super souriant, cherche un autre boulot mieux payé et moins stressant, avec des horaires lui permettant de sortir avec son amoureuse.

Plombier à moustache devrait chercher une camionnette moins polluante pour aller travailler sans asphyxier les autres.

Famille déprimée dans monospace neuf cherche à échanger son appartement (et sa vie surtout) avec une famille d'Hawaï ou de Rio.

Jeune couple plié en deux de rire ne cherche rien pour le moment. Merci et pourvu que ça dure.

Homme en costume-cravate cherche un moyen de gagner encore et toujours beaucoup d'argent pour avoir tous les symboles de la réussite (maison, famille et voiture encore plus grosse).

> Commentaire de la prof.

Original et bien mené. Certaines annonces sont un peu faciles, d'autres sont plus inattendues et presque poétiques.

– Donc, reprend Cassandre, rien *a priori* chez Flavia : pas de rousse, pas de moustachu à casquette. Maintenant, il faut lire celle de Paco qui était posté sur la même artère, un peu plus à l'ouest et de l'autre côté de la chaussée. S'il les a repérés, cela nous indiquera qu'ils ont tourné à droite.
– Et qu'ils n'ont pas pris par le pont Clemenceau.
– C'est bien, mon Erwan, tu suis. Allez, vas-y.

Paco C.
Quai de la Résistance, juste avant le pont de l'Europe, près du feu tricolore

J'ai eu l'idée de me poster près d'un feu pour observer les passants qui attendent, puis qui traversent. J'ai recherché le détail anormal qui pourrait donner matière à imaginer. Et dans cette foule anonyme, j'ai trouvé un espion en mission et des Bonnie and Clyde de banlieue en cavale.

Il attend. Il porte un costume et un chapeau gris. Une élégance britannique de feuilleton télé. Détail étrange : il a à la main une canne avec un épais pommeau. Vu son âge, elle ne lui est d'aucune utilité. C'est une canne truquée qui se dévisse et libère une lame effilée capable de transpercer les chairs comme un couteau du beurre l'été. Il me fixe. Il arbore un petit sourire qui en dit long, un mélange de cruauté et de joie contenue. Il traverse. Il caresse le haut de son arme.

Va-t-il me planter là devant tout le monde parce que j'ai percé son secret ? Il passe très près de moi... Il est passé. Je l'ai échappé belle. Soudain, je sens comme un picotement dans le dos. Peut-être suis-je touché. Le poison va faire son effet. Je n'ose placer la main sur l'endroit endolori de peur d'y trouver du sang, annonciateur d'une mort imminente.

L'irruption d'un couple de délinquants à bord d'une voiture a failli ensanglanter le quai de la Résistance. Ces fuyards, pris au piège d'un feu tricolore et n'écoutant que leur instinct de survie, ont entrepris de pousser le véhicule qui leur barrait la voie de la liberté. La voiture de leur victime était entraînée inexorablement vers le milieu du carrefour pour être jetée en pâture aux automobilistes arrivant de la droite. Le conducteur, affolé, a bloqué son frein à main et est sorti pour affronter les voyous qui menaçaient sa vie. Il a hurlé et tambouriné sur le toit du monstre mécanique. Une Bonnie un peu terne, malgré sa chevelure flamboyante, a montré les dents par la vitre tandis qu'un Clyde moustachu offrait à tous le masque de l'indifférence butée, celui de la brute épaisse, sûre de sa puissance.

À un passant qui prenait parti pour le pauvre vieux agressé, Clyde s'est contenté de mimer la lame d'un couteau qui tranche une gorge.

Après quelques secondes de tension extrême dans un silence glaçant, le feu est passé au vert et l'engin du couple infernal a bondi dans un bruit de klaxon et le hurlement de ses pneumatiques enfin libérés pour disparaître dans le lointain.

Commentaire de la prof.

Nous sommes un peu dans les clichés et le déjà-vu. Mais vous avez respecté le contrat de départ et votre style est assez agréable.

Je relève la tête et déclare :

— Cet idiot n'a pas décrit la couleur ni le type du véhicule, mais c'est sûrement notre couple. Il faut que je demande à Paco si la voiture était bleue et ce qui s'est réellement passé.

— Maintenant, propose Cassandre, tu prends le texte de ma très chère amie Cléa qui, soit dit en passant, se plaint que cette affaire m'éloigne d'elle. C'est l'itinéraire le plus direct pour rejoindre l'île aux Chiens. Erwan ?

Je retiens mon souffle car j'entends le bruit de l'ascenseur qui s'arrête à notre étage. Mon père !

— Alerte, mon paternel !

Nous glissons le plan avec toutes les copies sous mon lit et nous nous précipitons vers le bureau. Mon père frappe à la porte pour le principe car il n'attend pas la réponse pour ouvrir. Dans la panique, je ne me suis pas rendu compte qu'il n'y avait qu'une chaise. Cassandre n'a pas trouvé d'autre solution que de s'installer sur mes genoux.

— Salut, les travailleurs ! lance-t-il. Je ne voudrais pas vous déranger en pleines révisions mais je tenais à vous saluer, Cassandre.

— Bonjour, monsieur, dit-elle timidement.

— Erwan, tu aurais pu apporter une chaise du salon pour ton amie, tout de même. Vous êtes mal installés.

— C'est vrai, papa. Je vais aller en chercher une tout de suite.

Tandis que nous nous levons, mon père reste planté à l'entrée de ma chambre. Je me faufile pour rapporter un siège et je l'entends déclarer à Cassandre :

– Je voulais vous dire que vous avez une excellente influence sur mon fils.

– Merci, dit-elle en rougissant.

– Je vous laisse travailler.

Je referme enfin la porte derrière lui et nous partons en chœur dans un fou rire. Après quelques minutes à nous tenir les côtes, nous retrouvons nos esprits.

– Tu crois qu'il va rester ?

– En général, il repart assez vite. Mais je ne sais pas si c'est bien prudent de ressortir tout notre bazar dès à présent...

– Non, il vaut mieux réviser. Je vais t'expliquer le fonctionnement de mes fiches. Moi, en les faisant, j'ai revu tout le programme. Maintenant, je me contente de les relire quand j'ai cinq minutes. Toi, il faut que tu sois sûr de bien saisir ce que tu apprends. N'hésite pas à me demander si un point te paraît obscur. Il y a des mots-clés qui sont soulignés. Apprends par cœur leur définition, enfin, c'est un conseil que je te donne.

Nous nous partageons les fiches et je commence à parcourir celle sur Marivaux. L'écriture est parfaite, bien arrondie, aucun effort de déchiffrage à faire. J'ai de la chance d'avoir Cassandre comme amie.

Comme je l'avais prévu, mon père repasse nous voir :

– Je vais chez Raymond bricoler sa voiture. Je reviendrai dans deux heures. Je vous ai sorti de quoi goûter. À votre âge, il faut prendre des forces.

Nous gagnons la cuisine alors qu'il referme la porte d'entrée. Nous grignotons des gâteaux secs au chocolat en buvant du lait-fraise.

– On termine avec les textes de Cléa et de Julie, et après il faudra que je rentre.

– Je pourrai te raccompagner ?

– Avec joie.

Le plan est de nouveau étalé, quand je commence ma lecture :

Cléa C.
Pont de Valmy

J'étais sur le pont de Valmy.

<u>Objets/Couleurs</u>

Camion rouge
Chemise et crâne roses – moustache grise – dents jaunes – cigarettes blanches – fumée bleue

Vélo jaune
Jupe blanche – bandeau rouge – peau caramel

Voiture grise
Cheveux gris et cheveux blancs
Chemise violette et chemisier rose

Lunettes marron et lunettes argent
Yeux foncés et yeux clairs

Corbillard noir
Costume noir et costume noir
Casquette noire et casquette noire
Rideaux blancs – cercueil blond

Voiture bleue
Cheveux roux – lunettes noires
Casquette et moustache
Dormeur gris – cravate rouge

> **Commentaire de la prof.**
>
> *Idée – lumineuse.*

– Répète le dernier paragraphe, Erwan.
Je reprends ma respiration et articule chaque syllabe :
– *Voiture bleue / Cheveux roux – lunettes noires / Casquette et moustache / Dormeur gris – cravate rouge.* Tu as raison, Cassandre, nous avons retrouvé notre notaire, cheveux gris, peut-être habillé d'un de ses costumes clairs et de sa cravate rouge. Il est allongé sur la banquette arrière de sa Mercedes bleue, sans doute déjà mort. La couverture qui cachait le cadavre a dû glisser quand la voiture a démarré. Clémence avait raison. Son instinct ne l'a pas trompée : ces deux-là sont des meurtriers.

Nous tombons dans les bras l'un de l'autre et nous nous serrons jusqu'à nous étouffer. Nous reprenons notre respiration durant quelques secondes puis ma copine déclare :
– C'est génial ! Nous sommes géniaux. Bon, tu lis encore celui de Julie. Après, il faudra que j'y aille.
J'acquiesce d'un hochement de tête.

Julie C.
Quai de la Paix, près du pont de Valmy

J'ai choisi un paysage : celui de l'île aux Chiens. J'étais postée sur la rive gauche du fleuve, derrière le parapet, près du pont de Valmy.

J'étais là. Immobile. Mon tableau imaginaire posé devant moi. Prête à saisir l'instant.

Comme un tableau

Au premier plan, il n'y a qu'une route empierrée. Elle forme une bande blanchâtre presque vierge. La tache grise d'un pêcheur ou celle plus foncée d'une voiture ne sont que des accidents que le regard ignore vite. À cet endroit, la pâte, travaillée au couteau, est épaisse et irrégulière.

Au second plan, des éclaboussures vertes enserrent ou cachent le sujet principal du tableau : la rivière aux mille reflets. Elle est tantôt comme un trait large et affirmé, tantôt comme un pointillé timide et hésitant. La matière utilisée est plus fluide, très diluée. Le coup de pinceau est imprécis, presque accidentel.

Au fond, le ciel. Le bleu uniforme est passé au rouleau. Il est lisse et brille un peu.

> **Commentaire de la prof.**
>
> *Je ne sais pas si le tableau serait réussi, mais votre texte, très surprenant, l'est. J'apprécie le vocabulaire précis et technique du peintre que vous semblez maîtriser. C'est une bonne surprise.*

— Julie a dû arriver très en retard, précise ma copine, car la voiture était déjà présente sur l'île. Si elle s'était pointée à l'heure convenue, elle aurait vu les meurtriers.
— Elle aurait été témoin du crime, dis-je d'un ton grave, et l'aurait peut-être payé de sa vie.

Dans la rue, Cassandre semble pensive. Elle me jette de brefs regards. Au bout de quelques minutes, j'ose lui demander :
— Tu veux me dire quelque chose ?

– Oui, enfin non, et toi ?

Ses yeux plongés dans les miens me troublent soudain. Je suis peut-être en train de rougir. J'ânonne un timide :

– Je... je ne sais pas.

Nous reprenons notre marche. Je m'en veux de ne pas l'avoir enlacée. Elle doit me trouver bien niais.

– On est bêtes tous les deux, tu ne crois pas ? dit-elle en souriant.

– Très, dis-je en retrouvant mes esprits.

Comme nous approchons de chez elle, je lui propose :

– On peut peut-être se dire au revoir ici, comme ton père ne m'apprécie pas beaucoup.

– Mon père, je m'en fous. Tiens, quand on parle du loup, tu connais la suite. C'est sa voiture qui se gare là-bas. Je suis sûre qu'il nous a repérés. Tu peux me donner la main ?

Ce n'est pas une question. Elle l'a déjà saisie et je ne suis pas mécontent qu'elle l'ait fait. Elle pose maintenant tendrement sa tête sur mon épaule. J'aimerais que cet instant dure toujours. Son père vient de se tourner vers nous. On dirait qu'il porte un masque pour cacher toute expression. Il entre chez lui. Cassandre se redresse et déclare, tout en m'embrassant rapidement sur les joues :

– Souhaite-moi bon courage. Je vais aller affronter le monstre. Il n'a pas l'habitude qu'on lui résiste. Pourtant, il faudra bien qu'il s'y fasse.

– Bon courage, alors.

– À demain.

Je regarde l'heure. Je ne suis pas en avance. C'est à mon tour d'apporter les gâteaux. Pourvu qu'il en reste. Je presse le pas jusqu'à la boulangerie de la rue du Four. Malheureusement, ils font aussi dans la vente de bonbons et les gamins devant moi ne paraissent pas pressés. Je lorgne vers la vitrine et je suis rassuré, il reste trois gâteaux à la crème en trois exemplaires. Ce ne sont pas mes préférés mais je dois déjà me réjouir de les avoir trouvés.

– Trois divorcés, trois glands et trois cygnes, s'il vous plaît, madame.

Avec les gâteaux, je ne peux pas courir, ce serait beaucoup plus grave aux yeux de mes amis de servir des pâtisseries accidentées que d'arriver en retard. Je m'attends à essuyer des remarques un peu lourdes sur mes rapports avec Cassandre.

– Ah enfin ! dit Philémon en ouvrant la porte, nous étions à deux doigts de nous évanouir. Tu es lourdement chargé, laisse-moi te délester de ton précieux colis. Ne me dis pas que tu es en retard à cause des révisions, quand même ?

– Il ne faut pas perdre de vue les priorités, ajoute Milan.

– Je ne vais rien expliquer. Avec vous, cela ne sert à rien.

Nous nous installons dans la salle à manger, où la table est dressée avec des assiettes à dessert et des verres de thé glacé. Une paire de ciseaux est posée sur la table. Philémon s'en saisit pour couper le ruban rouge avec solennité :

– J'adore ce petit bruit sec car il est annonciateur de grands plaisirs.

Comme le veut le rituel, nous applaudissons les gâteaux durant une dizaine de secondes.

– Nous commençons par lequel ? m'interroge Philémon.

– Le cygne puis le divorcé et enfin le gland. Suivons la règle du club en respectant l'ordre alphabétique.

Nous mangeons à la main sans plus échanger le moindre mot. Une fois où la mère de notre hôte assistait à la scène, nous avions été qualifiés de « méticuleux cochons ». À peine les gâteaux engloutis, le délire commence. On balance n'importe quoi sur n'importe qui, sur nous aussi bien sûr, et on rit bêtement pendant presque une heure. Un vrai défouloir. Pour rien au monde je n'aurais voulu rater cet instant de bonheur entre mecs. Avant de quitter l'appartement de Philémon, je lui reparle de sa copie, j'ai droit à quelques précisions :

– Ma mère a effectué durant une de mes absences un rangement que je qualifierais de profond. Deux grands sacs-poubelle trônent maintenant au milieu de ma chambre. Un papier avec une date limite est agrafé dessus : benne à ordures le 30 avril à 18 heures. Il y a des tas de trucs à l'intérieur et même une partie de mes cours, je suis sûr que ma copie est là-dedans. Je te promets de m'y mettre avant le... 30 avril.

Dans la rue, je fais le chemin de retour avec Milan. Il aborde enfin le sujet :

– C'est sérieux avec Cassandre ?

– J'ai l'impression que oui mais pour l'instant nous n'avons rien fait.
– Pourquoi ?
– Disons qu'on n'ose pas.
– Si ça marche avec elle, tu ne quitteras pas le club ?
– T'as peur pour ton estomac ? Tu peux être rassuré sur ce point.
– Et tu ne la ramèneras pas avec toi ?
– Non, le club, c'est entre nous.
– Je préfère.

À table, mon père m'annonce que ma grand-mère a un service à me demander. Cela me paraît bizarre qu'elle ne lui ait pas donné d'autres précisions. Je promets de passer chez elle dès le lendemain après le lycée.

Le soir, je trouve difficilement le sommeil. Je pense à Cassandre, à ce que j'aurais dû lui dire si j'avais eu un peu de courage, à leur belle maison, à notre minuscule appartement, à la chambre que je partage avec mon frère, à son père qui achète des œuvres d'art, au mien qui fait des réparations « au noir » sur les voitures des voisins pour payer le loyer. Tant de choses nous séparent et pourtant, aujourd'hui, je n'imagine pas en aimer une autre.

6

★ Ce matin, j'interroge Paco sur la couleur de la voiture de Bonnie and Clyde. Je le sens un peu sur la défensive. C'est vrai que nous ne nous apprécions pas vraiment, sans trop comprendre pourquoi d'ailleurs. Il n'y a jamais eu de disputes ni de ressentiment entre nous mais le courant ne passe pas. Là, il se demande peut-être si ma question ne cache pas une blague qui viserait à le mettre mal à l'aise face aux autres. J'insiste avec je crois des accents de sincérité dans la voix. Je dois obtenir une réponse. Après quelques hésitations, il déclare :

– Là, tout de suite, je ne m'en souviens plus. Il faut que je réfléchisse, que je tente de visualiser. Ne bouge pas.

Il ferme les yeux et me fait poireauter trois bonnes minutes au milieu du flot des élèves qui rejoignent leurs salles de cours. On doit avoir l'air fins, plantés là tous les deux.

– La voiture est de couleur sombre, noire ou bleu foncé... Oui, c'est ça, bleu foncé, une Mercedes, un modèle récent.

– OK. Et pendant que tu y es, tu pourrais me raconter ce qui s'est passé exactement avec la voiture qui les précédait ?
– En fait, la Mercedes l'a touchée à l'arrière, je ne sais pas si c'était volontaire. Cela arrive souvent quand les gens sont dans les nuages ou anticipent le démarrage des autres. Je ne me suis intéressé à cet épisode que quelques secondes plus tard, quand le ton est monté entre les deux conducteurs. Alors, le propriétaire de la Twingo, un petit vieux un peu voûté, est sorti de son auto pour évaluer si elle avait subi des dommages. Visiblement, la voiture était intacte mais il a déclaré bien fort : « Vous pourriez au moins vous excuser ! » L'autre, qui je me souviens portait une casquette, l'a regardé en souriant et lui a fait un geste de la main qui voulait dire : « Casse-toi, papy ! » La victime s'est énervée et diverses insultes ont commencé à fuser. La passagère est descendue voir et a crié : « Mais vous n'avez rien ! Ne faites pas d'histoires. Redémarrez, vous gênez tout le monde. » Ensuite, les voitures se sont dispersées.
– Eh bien, merci beaucoup, Paco !
– Pas de quoi.

Je retrouve Cassandre après le cours suivant. Je lui raconte ma discussion avec Paco. Son esprit d'analyse et sa mémoire se mettent en branle :
– Récapitulons notre hypothèse, il s'agit d'un couple : lui a entre quarante et soixante ans, et porte une moustache. Elle est plus jeune et a de longs cheveux roux. Ils ont été repérés par plusieurs témoins sur le trajet qui va du passage

de la Fraternité à l'île aux Chiens, où maître Marideau a été retrouvé mort. Quelqu'un a même décrit un homme répondant au signalement du notaire allongé à l'arrière d'une Mercedes bleue, véhicule lui appartenant qui avait été volé deux jours auparavant. Les meurtriers ou leurs commanditaires pourraient se nommer Wess ou Wass.

– Quel esprit de synthèse, ma chère ! Je crois qu'on touche au but.

– Non, Erwan, je ne serais pas aussi catégorique. Il y a plusieurs copies que tu dois lire absolument parce qu'elles ne vont pas dans le sens du scénario que j'ai exposé. D'abord, celle de Fatou qui a rencontré un homme en costume clair ce matin-là. Si c'est le notaire, cela pourrait signifier qu'il a pris à gauche dans l'avenue du Général-de-Gaulle et qu'il n'a pas emprunté le « passage fatal » de la Fraternité. Après tout, personne ne l'a vu y pénétrer.

– C'est vrai. Passe-la-moi.

Fatou D.
*Au café de la Cathédrale,
avenue du Général-de-Gaulle*

L'homme au bouquet de fleurs

Il était là avant moi, un petit bouquet de violettes posé devant lui à côté de sa tasse vide. Dans ce bistrot, à l'heure du premier café, il n'est pas à sa place. Il s'est fait beau avec son costume clair et il ne dit rien.

Il s'est fait beau, lui, pas comme ces employés dans leurs habits passe-partout, ces éboueurs prenant leur pause dans leur combinaison fluo ou ce plombier en bleu de travail qui siffle un petit verre de vin blanc.

Il ne dit rien, lui, alors que les autres parlent trop fort, rigolent ou s'invectivent, se racontent des blagues à caractère sexuel entendues la veille à la radio.

Il rêve à la femme à qui il destine ses fleurs, ou peut-être à une autre à qui il aurait voulu les offrir autrefois, une qu'il a perdue depuis longtemps déjà.

Il s'est fait beau et il ne dit rien.

> **Commentaire de la prof.**
>
> *C'est un joli portrait mélancolique. Votre texte est évocateur. En le lisant, j'ai pensé à un tableau de Degas qui a pour titre : Dans un café. Juste un regret, c'est un peu court.*

Cassandre guette ma réaction. Je me lance :
— Ce n'est pas le maître Marideau que Malvina et Inès ont décrit dans la rue du Four, le genre patron débordé ou méchant maficso.
— Il serait quand même intéressant de demander à Fatou si l'homme avait une cravate et un cartable, juste pour vérifier.
— Tu as raison.
— Moi, j'irai aussi interroger Julie. Elle en sait peut-être plus que ce qu'elle raconte. Et puis c'est la seule à s'être intéressée à ce qui se passait sur l'île aux Chiens. Mais, j'y pense, il y a un autre texte qui m'a troublée, c'est celui de Steven, parce qu'on y croise également une femme rousse. Était-ce la même femme ? Mais dans ce cas, comment aurait-elle pu être présente à la fois dans la voiture du notaire et à pied dans la rue Du-Guesclin ?
— Les observations se sont déroulées sur une heure trente. Or, aucun de nos camarades ne fait apparaître d'horaire précis. Qui nous dit que la rousse de la voiture n'a pas participé à l'enlèvement et ne s'est pas promenée ensuite dans le centre-ville, ou l'inverse ? Les distances ne sont pas si importantes. Mais c'est vrai qu'il peut aussi s'agir de deux femmes différentes.
— Pas évident. Hier soir, j'ai regardé sur le Net, il y a moins de 5 % de roux en France. La probabilité d'en voir deux spécimens féminins à la même heure dans un si petit périmètre est donc très réduite, qui plus est, portant toutes les deux des lunettes de soleil par temps nuageux. Je te passerai

la copie de Steven après le déjeuner. Tu vas bien t'amuser car notre collègue n'a pas fait dans la dentelle. Bon, il faut que j'aille en grec. À plus.
— À plus.

Nous nous retrouvons dans le hall avant de rejoindre la file de la cantine. Je demande à Cassandre :
— Et hier soir, avec ton père ?
— Comme prévu, il a essayé de me dissuader de te fréquenter, soi-disant qu'il n'a rien contre toi, mais que le moment est mal choisi, juste avant des examens. Je n'ai pas desserré les dents, ce qui l'a mis dans une colère comme j'en ai rarement vu. J'étais assez fière de moi.
— Alors, tout va bien.
— Non, il ne cédera pas si facilement. Il me prépare un coup. Je voulais aussi te dire pour hier que je n'ai pas fait ça seulement pour embêter mon père... te prendre la main et poser ma tête sur ton épaule. Je suis...
— Moi aussi, dis-je en la serrant contre moi.
Je sens mes jambes qui flageolent. Heureusement, elle prend l'initiative et m'embrasse vigoureusement sur la bouche. Le temps semble suspendu et nous restons collés quelques minutes.
Nous quittons le lycée juste après la cantine pour nous isoler et rattraper le temps perdu. Nous passons plus d'une demi-heure enlacés dans le square du Gros-Tilleul.

Dès notre retour en cours, je découvre le texte de Steven :

Steven C.
Rue Du-Guesclin

Un pur fantasme.
J'ai décidé de ne décrire que des belles femmes. Comme si elles seules existaient dans cette ville. Elles… et moi pour les admirer, bien entendu. Je les ai classées par âge.

Une pure minette. Habillée comme une fille dans un clip de rap. (Ma mère dirait : « Déshabillée comme une fille dans un clip de rap. ») Un peu jeune pour être une vraie bombe mais pleine de promesses. Elle me regarde en souriant. Elle est sûre d'elle. Elle me rappelle Cynthia que j'ai bien connue en quatrième. J'avais toujours l'impression qu'elle portait la « panoplie complète », coordonnée dans les moindres détails, comme les panoplies qu'on avait à Noël avant, celles de Zorro, de la princesse ou de Superman.
16/20. Déjà très bien et peut encore progresser.

La trentaine radieuse. Une rousse incendiaire avec des yeux que j'imagine trop beaux pour les exposer au monde. Des jambes fuselées et une démarche de mannequin, un peu rapide tout de même. Une robe bleu marine trop sage à mon goût et des bottes noires qui montent au-dessus des genoux. C'est la grâce incarnée. On la suivrait jusqu'au bout du monde.

Elle me rappelle Sandra que j'ai bien connue en sixième. Elle a la même bouche boudeuse et des cheveux doux comme la soie ou le velours.

17/20. Ensemble excellent.

Une beauté bourgeoise. Une « business woman » en tailleur gris perle et chemisier blanc. Coiffée avec un chignon de danseuse. Les traits parfaits, malgré sa quarantaine. Elle sait qu'elle impressionne (un peu comme vous, madame). Elle sait qu'on la remarque aussi. Elle est belle et elle sourit comme si elle avait besoin d'être sympa quand même. Elle me rappelle ma prof d'anglais de troisième avec laquelle, malheureusement, je ne suis jamais sorti. J'avais tout essayé. J'étais « trop jeune », d'après elle.

19/20. Tout est parfait. Ne changez rien.

> **Commentaire de la prof.**
>
> *Que dire ? Que mon invitation à vous « lâcher » n'est pas tombée dans l'oreille d'un sourd. Je trouve tout de même votre devoir déplacé, très macho, pour ne pas dire carrément phallocrate et un rien flagorneur (même si ce n'est que dans l'espace d'une parenthèse). Mais je dois reconnaître que, malgré tous ses défauts, votre texte, par son audace naïve, m'a fait sourire. J'ose espérer que vous allez vite progresser dans votre conception de la gent féminine.*

C'est vrai qu'il est fort, ce Steven. En voilà un qui ose tout. Presque toutes les filles rêvent d'être avec lui, même si elles savent qu'il ne reste jamais très longtemps avec ses conquêtes. Cassandre me chuchote à l'oreille :
– Et alors ? Ton sentiment ?
– Aucun doute, ce n'est pas la même. Il l'a décrite comme un super-canon. Ceux qui ont eu l'occasion de contempler la passagère de la Mercedes n'ont pas du tout été élogieux. Paco a employé à son égard l'adjectif « terne ».
– C'est vrai, mais en matière de beauté, Paco peut avoir des goûts différents de ceux de Steven. Tiens, lis aussi le texte de Maréva. Tu me diras ce que tu en penses.
Pendant que ma copine surveille le prof qui de toute façon s'occupe assez peu des élèves, je peux lire tranquillement.

Maréva R.
*À l'angle de la rue Galilée
et de la rue Jeanne-d'Arc*

Expérience sensitive

Je croyais avoir eu une idée géniale mais là, au moment de la mettre en pratique, j'ai peur. Peur de me trouver fragilisée, à la merci des autres, peur d'être démasquée comme une menteuse. Je m'explique. Je veux jouer « à l'aveugle ». Alors j'ai fixé du coton à démaquiller sous mes lunettes de soleil et, ainsi équipée, je ne vois plus rien.

Je m'assois sur le banc public au début de la rue Jeanne-d'Arc et j'attends. Pendant quelques minutes, je suis tellement contractée que je n'arrive pas à me concentrer. Puis je commence à percevoir des paroles dont je ne parviens pas à saisir la cohérence. C'est comme si on augmentait brutalement le son d'un poste de radio et qu'on le baissait de la même façon.

Un homme s'assoit près de moi. Il sent très fort la cigarette. Je l'entends fouiller ses poches puis dix secondes plus tard je perçois le bruit du briquet. Une personne s'est approchée de lui sans rien dire. Encore le bruit d'un briquet et un merci lancé en recrachant vers moi la première bouffée. J'ai soudain peur que l'homme sur le banc comprenne que je ne vois rien et qu'il pique dans mon sac. Je le serre instinctivement contre moi. Je l'entends frotter son pied par terre, sans doute pour éteindre son mégot. Il se lève. La place est libre.

Pas très longtemps. C'est une femme, si j'en juge à son parfum, le même que celui de ma mère. Elle range des trucs dans son sac : des objets en matière plastique, peut-être des stylos. Elle respire profondément comme quand on cherche à se calmer. J'ai la sensation qu'elle me regarde mais je n'en ai pas la preuve. Elle a probablement repéré mes cotons. Je dois lui faire pitié. Je ressemble à une opérée. Elle me glisse un doux et compatissant :

— Vous n'avez besoin de rien ? C'est difficile de s'habituer au début. Quelqu'un va venir vous chercher ?

J'improvise :

— Oui, ma mère. Je vous remercie.

Je suis gênée de cette gentillesse. J'ai l'impression de me moquer d'elle. J'ai presque envie d'arrêter et de lui dire que c'est un jeu. Elle me parle. Sa voix est plus grave :

— Je peux me confier à vous ? J'en ai besoin.
— Bien sûr, madame.
— Je suis venue pardonner un acte… impardonnable. Je me dégoûte et pourtant je sens au fond de moi qu'il n'y a pas d'autre solution et qu'il faut que je le fasse.
— Pourquoi ?

Pour qui je me prends pour poser cette question ? Pour sa psy ?

— Parce qu'un jour il faut se décider à tourner la page, même si ça fait mal, même si j'en ai honte.
— Laissez le temps faire son œuvre. Ne vous jugez pas trop vite.

Qui je suis pour lui parler ainsi, comme un vieux sage ?

— Merci de votre écoute, mademoiselle. Vous êtes une fille bien.

Je rougis du compliment. De honte aussi. Soudain, son téléphone sonne. Elle m'effleure le poignet avec douceur puis s'éloigne pour répondre.

Après elle, je décide d'arrêter l'expérience.

Alors, je reste sur le banc à contempler les gens qui s'activent devant moi.

> **Commentaire de la prof.**
>
> *C'était en effet une idée très riche. Je regrette que vous ne l'ayez pas exploitée davantage. Vous êtes passée à côté d'une copie géniale.*

Ce texte est troublant. On sent le poids d'un lourd secret. Mais je ne vois pas trop en quoi il pourrait remettre en cause nos déductions.
– Rien, dis-je, ne nous prouve qu'elle est rousse. Maréva jouait à l'aveugle. Et puis cette femme-là parle de pardon, pas de vengeance. On ne peut pas penser qu'elle vient de commettre un meurtre ou qu'elle s'apprête à le faire.
– Je ne sais pas pourquoi mais j'ai tout de suite imaginé que c'était la jeune femme décrite par Steven. La rue Du-Guesclin est prolongée par la rue Jeanne-d'Arc, ils étaient à cent mètres l'un de l'autre. Le bruit de plastique pourrait être celui de ses lunettes de soleil qu'elle rangeait dans son sac.
– Tu avais raison ce matin, il nous reste du travail. Tant mieux, je trouve qu'on s'amuse bien à jouer les Sherlock Holmes, pas toi ?
– Si, j'adore.

À la sortie, je vais chez ma grand-mère, et Cassandre reste à guetter Julie et Fatou qui ont peut-être des éléments nouveaux à nous apporter. Je grimpe quatre à quatre les deux étages du vieil immeuble situé dans le quartier de la gare. Ma grand-mère m'accueille avec un petit sourire complice :
– Je t'ai fait venir parce qu'il y a du nouveau dans ton affaire, et la voisine voudrait te voir. Je ne dirai rien à ton père qui, à mon goût, en fait un peu trop avec tes études. J'aurais bien voulu qu'il soit aussi sérieux quand il était au lycée.

– Il n'arrête pas de répéter qu'il ne faut pas suivre son exemple et qu'il regrette de ne pas avoir fait d'études.
– Enfin, ça ne doit pas t'empêcher de venir passer une petite demi-heure avec ta mamie.
– Pour le service, il risque de demander.
– Tu me régleras mon antique pendule, celle que m'a léguée mon arrière-grand-oncle. Je crois qu'elle en a besoin. Comme c'est toujours toi qui le fais, il n'y verra que du feu.

Je décide de m'en occuper tout de suite. Pendant ce temps, elle me prépare un goûter avec des tartines de confiture de mûres et va frapper chez sa voisine qui débarque avec un véritable dossier. D'une belle écriture à l'ancienne, Guiguite a écrit dessus *Affaire Marideau* ; à l'intérieur, un unique article de journal qu'elle me tend d'un air entendu.

Que devient l'enquête sur le notaire assassiné ?

Un rappel rapide des faits : le notaire de la ville, arrivé en poste six mois plus tôt, a été retrouvé mort à l'arrière de sa voiture sur l'aire de parking de l'île aux Chiens le 23 mars vers 17 heures. La police a conclu à un assassinat, des prélèvements ADN ont été pratiqués dans la voiture.

La police n'a plus fait de déclaration depuis son appel à témoins du 2 avril. Nos demandes réitérées d'informations sur l'avancée de l'enquête ont toutes été rejetées.

Il semble, et certaines sources proches de l'enquête le laissent entendre, que la police soit impuissante à démêler cette histoire. Pourtant, vous, lecteurs, êtes nombreux à vous intéresser à l'affaire. Aussi le journal a-t-il décidé d'envoyer un reporter sur les traces du passé du notaire assassiné.

Georges Marideau, avant son arrivée dans notre ville, a exercé sa charge à Loudon (32). Précédemment, il était établi à Châteaurose-sur-Loire (86), et Truffé-la-Gaillarde (11). À chaque fois, il a vendu sa charge alors que les affaires semblaient prospères et à la grande surprise de ses collaborateurs. Avant ces trois postes, il a été clerc dans plusieurs études de la région parisienne.

La description que donnent ses collègues est toujours semblable. C'était un homme « courtois mais réservé », « souriant, affable », « ponctuel et posé », « un peu mystérieux », se risque son ancienne secrétaire qui dit « ne rien avoir appris de sa vie privée au cours des quatorze mois passés à ses côtés ». Tous ont insisté sur leur étonnement à le voir quitter sa charge de façon apparemment « précipitée ».

Son clerc à Loudon a ajouté que « son caractère secret et le fait qu'il ne soit pas un enfant du pays ont généré des ragots à son endroit et une certaine méfiance ».

C'est le moins que l'on puisse dire quand on écoute la population de cette petite ville. Il est décrit par certains comme un « homme à femmes et un flambeur », aperçu à plusieurs reprises la nuit au casino de la station thermale, « au bras de femmes trop jeunes pour lui ». Une commerçante a même prononcé le mot de « débauché ».

Pour ce qui est de ses anciens clients, certains n'hésitent pas à parler de « magouilleur », d'« homme de dessous-de-table ». Renseignements pris auprès de la gendarmerie, il s'avère qu'en effet des plaintes et des rapports figurant sur la main courante ont été rédigés. Toujours classés sans suite par manque de preuves.

Le même scénario semble s'être répété dans tous les endroits où maître Marideau a exercé sa profession. L'Association des notaires de France a refusé de s'exprimer officiellement sur son ancien collègue mais certains de ses membres, parlant sous couvert d'anonymat, ont dit sans détour que maître Marideau ne « faisait pas honneur à leur profession », même si rien n'avait jamais pu être prouvé sur ses agissements.

La liste des personnes qui auraient pu en vouloir à l'ancien notaire, et donc des suspects potentiels dans cette affaire, s'avère bien longue.

Notre reporter a appris que la police de notre ville avait épluché succinctement les dossiers litigieux du notaire et procédé à quelques prélèvements de salive mais sans donner suite.

De l'aveu d'un gendarme rencontré dans cette ville, « c'est comme chercher une aiguille dans une botte de foin » parce que ceux qui se sont vengés, si c'est l'hypothèse retenue, n'avaient peut-être pas porté plainte à l'époque. Ce serait donc tous les dossiers étant un jour passés entre les mains du notaire, s'étalant sur une trentaine d'années d'activité, si on compte ses emplois de clerc, qu'il faudrait examiner. (Affaire à suivre.)

– Il y a une femme là-dessous, je te l'ai déjà dit, déclare Guiguite.
– Vous avez peut-être raison.
Je décide de leur raconter ce que nous avons déduit grâce aux copies de nos camarades.
– Bravo, mon petit gars, salue la voisine.
– Ce n'est pas un peu dangereux, Erwan, cette histoire ?
– Rassure-toi, mamie, si ça craint, on refile tout à la police. Là, on manque encore d'éléments pour y aller. Guiguite, vous pouvez me confier votre dossier ?
– Si tu me promets de passer quand tu as du nouveau, c'est d'accord.

En rentrant, comme je suis seul, je décide d'appeler Cassandre. Quatre sonneries. Enfin, ça décroche.
– Allô, c'est moi.
– Je suis contente de t'avoir au bout du fil. Je pense tout le temps à toi. Tu me manques déjà.
– Toi aussi.
– Pour revenir à notre affaire, reprend-elle, j'ai discuté avec Julie à la sortie du lycée pour savoir ce qu'elle faisait au moment du crime. Elle a fini par reconnaître que, ce matin-là, suite à de violents maux de ventre en liaison avec nos trucs de filles, elle n'avait pas bougé de chez elle.
– Mais comment a-t-elle fait pour décrire le paysage ?
– De mémoire. En fait, elle a adapté un texte qu'elle a trouvé sur Internet.
– Et la voiture de couleur foncée, et le pêcheur ?

– Comme ça, pour décorer.
– Je n'en reviens pas. Quand je pense que la prof parlait de « bonne surprise », elle s'est bien fait avoir. Et Fatou ?
– L'homme qui l'a inspirée portait une cravate dans les tons rouge orangé mais, d'après elle, il n'avait pas du tout le look d'un notable. Elle l'a senti mal à l'aise dans ses habits, comme si ce n'étaient pas les siens. Il n'avait pas de cartable ni de valise mais une mince pochette en plastique noir avec des élastiques. Comme je lui demandais si elle avait fait ses observations plutôt au début ou vers la fin du créneau horaire, elle m'a expliqué qu'elle était dans ce café vers 8 h 30.
– Pourquoi si tôt ?
– Elle s'était trompée d'heure. À 8 heures, elle était déjà à son poste mais comme elle ne voyait pas arriver Apolline qui devait s'installer sur un banc près de la cathédrale, juste de l'autre côté de la rue, elle lui a téléphoné et a appris qu'elle s'était plantée dans les horaires. Au lieu de rentrer chez elle, elle a pris un thé au chaud dans le bistrot.

Je lui rends compte de ma visite chez ma grand-mère.
– Elles sont super, ces mémés. Il faudra que tu me les présentes. Deux secondes... Mon père est déjà de retour, j'essaie de te rappeler plus tard.

Je veille jusqu'à 22 h 30 en relisant les fiches de Cassandre, j'attends son coup de téléphone. Si seulement j'avais un portable, les choses seraient tellement plus simples. Je vais essayer de travailler cet été pour pouvoir me financer un abonnement. Un copain avec qui je faisais du volley l'année dernière m'avait proposé un boulot. Ses parents vendent des légumes et cherchent des « gars honnêtes et courageux » pendant les congés de leurs employés.

Maintenant que je suis amoureux, un téléphone perso, cela semble absolument indispensable.

7

Ce matin, Cassandre m'attend devant le lycée. Nous nous embrassons mais je la sens préoccupée :

— Mon père a résilié le forfait de mon portable puisque, d'après lui, « je manque de maturité ». J'ai fait celle qui n'en avait rien à faire mais je suis dans une rage... J'ai eu du mal à dormir cette nuit.

— Ce n'est pas si grave. Nous vivrons à l'ancienne avec le fixe, et puis nous penserons l'un à l'autre tout le temps. Tu sais qu'il y avait de belles histoires d'amour au Moyen Âge.

— Tu es super romantique.

En entrant dans le lycée, nous sommes abordés par Yasmine :

— J'ai compris que la piste de Rudy ne vous intéressait pas beaucoup...

— Rudy, ton légionnaire qui sentait bon le sable chaud ?

— Oui, c'est ça. Pourtant, j'ai découvert des éléments sur lui qui peuvent vous faire changer d'avis. C'était dans le journal deux jours après le crime.

Elle sort de son sac un article protégé par une pochette en plastique. Je lui demande :

— Toi aussi, ta grand-mère stocke les journaux ?

— Non, moi c'est mon oncle, il fait des dossiers, il découpe les articles par thème et il les archive dans son garage. Je n'ai jamais compris pourquoi. Mon père dit que ça l'occupe et que ce n'est pas plus bête que de construire une tour Eiffel en allumettes. Dimanche dernier, il a mangé à la maison et, au cours du repas, il a raconté que le patron de son bar préféré avait porté plainte contre un légionnaire qui avait cassé du mobilier dans son établissement. J'ai tout de suite compris que c'était Rudy. Je lui ai raconté mon histoire et, hier soir, mon tonton a déposé à la maison ce précieux document. Vous avez le droit de le lire, de le photocopier, mais il veut le récupérer.

Nous nous relayons pendant le cours suivant pour lire et faire le guet.

Un déserteur ramené manu militari à sa caserne

Un jeune légionnaire nommé Rudy K., originaire d'Iéna (Allemagne) et basé à Castrille-la-Forêt (86), a été arrêté hier soir par la gendarmerie et placé en garde à vue.

Il s'est rendu coupable de divers délits dans notre ville, principalement d'actes de violence et de dégradations dans des débits de boissons les 23 et 24 mars. Plusieurs plaintes ont été déposées à son encontre. Les policiers l'ont appréhendé hier en début de soirée alors qu'il dormait sur un banc du square du Gros-Tilleul. Il présentait un fort taux d alcoolémie. Il n'avait pas ses papiers et a refusé de décliner son identité. Il portait sur lui une enveloppe en kraft contenant la somme de 10 000 euros. Les policiers l'ont reconnu grâce à un avis de recherche diffusé par la Légion étrangère.

Les autorités militaires ont précisé que l'individu avait été déclaré déserteur le 12 mars, n'ayant pas rejoint sa base après deux jours de permission. Il devait être reconduit ce matin à la Légion. Les plaintes dont il fait l'objet pourront donner lieu à des suites judiciaires, si elles sont avérées, mais seulement à l'issue de sa période d'engagement à la Légion. Les cafetiers de notre ville devront donc patienter avant de se voir indemnisés.

Nous échangeons des regards à l'issue de notre lecture. Personnellement, je ne vois rien d'intéressant pour notre enquête. Cassandre est songeuse. Après un long silence, elle chuchote :

– L'enveloppe kraft, elle est dans un texte que j'ai lu : *Un homme qui serre contre lui une enveloppe kraft.* Yasmine a peut-être raison : son militaire pourrait être mêlé à un crime, mais rien ne dit que ce soit lié à notre affaire.

– Attends... Tu imagines que deux crimes auraient pu être commis le même jour dans notre charmante bourgade de trente mille habitants où il ne se passe jamais rien ? À mon avis, il y a sûrement un rapport entre les deux.

Cassandre ne semble pas tout à fait convaincue. Après une courte hésitation, elle rompt le silence :

– On verra plus tard. En attendant, je vais retrouver le passage de l'enveloppe kraft. Pour une fois, mon Erwan, tu pourrais prendre des notes pour moi ? Là, tout de suite ?

– Oui, dis-je sans enthousiasme.

Elle fouille dans son sac et en sort une pochette. Elle entreprend de reclasser les textes avec soin. Je contemple la feuille de classeur que j'ai sortie en début d'heure. Je suis un peu désemparé par sa demande. À part la date, le titre écrit au tableau et un petit dessin de vampire, pour l'instant ma page est vide. Je dois reprendre le fil du cours. Comme j'écris très vite (mais très mal), je m'en sors plutôt bien et le temps passe plus rapidement. Cassandre garde le nez dans les copies jusqu'à la fin.

Au cours suivant, nous échangeons nos feuilles, elle semble très amusée par mes notes. Elle me chuchote à l'oreille :

– Toi-même, tu arrives à te relire ?

– Je te jure.

Morad E.
Quai de la Résistance

Qui est cet homme qui marche quai de la Résistance ?
Qu'y a-t-il derrière ce crâne rasé ?
Un skinhead raciste ?
Un poète ?
Un soldat ?
Que dissimule son rictus de plaisir ?
Une vengeance ?
Une lâcheté ?
Un crime gratuit ?
Que cache cette enveloppe marron plaquée sur son cœur ?
Je ne sais pas. Cet homme est une énigme.

Qui est cette femme aux lunettes noires ?
Que transporte-t-elle dans son sac ?
Des secrets d'État ?
Les lettres de son amoureux ?
Ses économies ?
Que cachent ses lunettes de soleil ?
Des yeux qui tuent ?
Des larmes de tristesse ?
Des traces de coups ?
Je ne sais pas. Cette femme est un mystère.

> **Commentaire de la prof.**
>
> *Votre texte est intéressant. Il prend le parti du questionnement. Il laisse planer un mystère là où sans doute il n'y a rien. C'est ce que font les écrivains.*

– Tu avais raison : une enveloppe marron dans les mains d'un militaire. Elle renferme sans doute le salaire du meurtrier. Et encore des lunettes de soleil portées par une femme un jour sans grande luminosité ? Je vais demander à Morad de me la décrire plus précisément. On ne sait rien de l'âge de cette femme ni de la couleur de ses cheveux. Notre camarade aurait rencontré ce jour-là deux des protagonistes du drame ?

– Qui sait ?

Ma copine me tend un autre texte en me précisant :

– Dans celui-là, on retrouve peut-être notre militaire. L'action décrite pourrait être antérieure à celle que relate Morad.

– Qu'est-ce qui te fait dire cela ?

– Il n'a pas encore l'enveloppe en main.

– Il l'a peut-être déjà rangée. Je vérifierai.

Esther D.
Square du Gros-Tilleul

Sur ce banc, protégée de la rue par d'épais buissons, je suis restée seule pendant presque une heure trente.

Méditation solitaire

Je suis comme un élément du paysage, mais un élément exogène, une pièce rapportée, de passage, dans un milieu qui a toujours existé sans moi.

La nature a son rythme propre. Elle dure en se renouvelant ou en ne mourant pas (ou si tard que longtemps les hommes l'ont crue éternelle). Quel âge a ce tilleul ? Plusieurs siècles sans doute. Combien d'êtres comme moi ont stationné sous ses branches pendant tout ce temps ? Que sont-ils devenus ? Beaucoup sont morts. Ils ont nourri de leur chair la terre qui fait pousser l'herbe, les buissons, les fleurs et les arbres qui nous offrent leur ombre.

Je ne suis qu'une future poussière, mieux : de l'engrais en devenir.

J'ai envie de me lever pour entourer de mes bras ce tilleul qui existait déjà sous la Révolution et peut-être même avant, au Moyen Âge. J'aimerais sentir sa force, qu'il la partage un peu avec moi.

Je regarde rapidement autour de moi et je me lève pour céder à ma pulsion. Je reste collée ainsi plusieurs longues minutes. Au début, je suis crispée à l'idée que quelqu'un m'aperçoive et, pire, me reconnaisse. Et puis, peut-être à l'invitation de l'arbre lui-même, je me laisse aller. Je suis heureuse, émue. J'aurais presque envie de verser des larmes pour l'abreuver de mon émotion, de mon amour profond à cet instant.

Je retourne à regret sur mon banc et je regarde ma montre. Il est temps de rentrer, de retrouver mes semblables. Je suis heureuse de cette expérience. Elle marquera ma vie. Et il y en aura d'autres. Je suis sûre que je recommencerai un jour, mais dans un endroit plus sauvage, à enlacer des arbres.

J'allais me lever quand j'ai aperçu à une cinquantaine de mètres un élément perturbateur : un Adam chauve comme un nouveau-né. Suis-je son Ève ? Suis-je celle qu'il attend pour commettre l'irréparable ? Serons-nous assez forts pour résister à la tentation ?

Non, je me suis trompée. Il n'est pas là pour moi car je ne l'attire pas. Ses pas l'entraînent vers une poubelle. Que vient-il faire ? Peut-être simplement trouver des fruits avariés de la Création et se nourrir ? Instinctivement, je baisse la tête. J'ai honte pour lui et en même temps j'ai peur du regard qu'il pourrait me jeter. Quand je relève la tête, il quitte le jardin. Il a dû trouver ce qu'il cherchait.

Je m'étais un instant élevée par la pensée vers les éléments qui nous dépassent, me voilà retombée au niveau de la dure réalité de notre monde.

> **Commentaire de la prof.**
>
> *Je ne sais quoi écrire pour juger votre travail. Vous paraissez tellement passionnée et impliquée dans votre « expérience » que j'ai du mal à ajouter un commentaire. Pour ce qui est de la forme, votre « méditation » est bien écrite. Votre « héros de la Création » arrivé in extremis apporte une conclusion intéressante.*

– Il faudrait confronter Yasmine, Esther et Morad pour être tout à fait certains qu'ils parlent de la même personne. Ce ne sera pas possible aujourd'hui parce que Morad est absent. Qu'est-ce que tu en penses ?
– Bonne idée. En attendant, à midi, j'irai déjeuner à la cantine avec Esther.
– Moi, j'aimerais que tu me donnes tous les textes que je n'ai pas lus, je veux être au même niveau que toi. J'ai l'impression que tu me mâches un peu trop le travail.
– Je me doutais que tu me les demanderais. Aussi j'en ai profité pour les relire en cherchant le texte d'Esther. Personnellement, je n'ai rien trouvé de plus, mais on ne sait jamais.
Elle ajoute en les sortant de son sac :
– Ne te fais pas surprendre par ton père. Nous ne les avons qu'en un seul exemplaire.
– Promis.

Avec mes copains, nous décidons de sécher la cantine pour aller manger un sandwich en ville. Sans que j'y fasse allusion, Philémon me donne des nouvelles de sa copie :
— J'ai pensé à toi hier soir et j'ai déjà trié un sac. Je n'ai pas retrouvé mon chef-d'œuvre mais par contre je suis tombé sur ma carte d'identité coincée dans un cahier de seconde, un billet de cinquante euros dans une enveloppe rose offert par ma grand-mère au nouvel an, et une grande partie de mes notes de français et de maths.
— Une vraie pêche miraculeuse ! s'exclame Milan.
— Et ta copie, elle parlait de quoi en fait ?
— D'un enlèvement. Pourquoi ? T'es toujours dans ton histoire d'enquête policière ?
Je répète en articulant :
— Un enlèvement ?
— Oui, par des extraterrestres. Une téléportation classique d'un cobaye humain. Tu crois que c'est important pour ton affaire ? Cela ne m'étonnerait pas que mon texte apporte la clef de ce mystère. C'est mon destin d'être au centre du monde et des événements.

Je retrouve Cassandre dans les couloirs.
— Où étais-tu ? Ça fait une demi-heure que je te cherche.
— J'ai mangé à l'extérieur avec Phil et Milan.
— Moi, comme convenu, je me suis débrouillée pour faire la queue avec Esther. Cléa nous a rejointes à notre table quand Esther confirmait que son « Adam » correspondait à la description de Rudy. Nous avons ensuite eu une

discussion tout à fait passionnante sur la justice et le droit à la vengeance.
— Et vous avez dit quoi ?
Elle consulte sa montre et grimace :
— Là, tout de suite, j'ai grec et c'est à l'autre bout du bahut. Je n'aime pas être en retard. On se retrouve à la sortie et je te raconte tout.
Elle dépose un bisou rapide sur mes lèvres et part en courant. Mes copains me rejoignent.
— Ne fais pas cette tête. Elle va revenir, m'explique Milan en prenant une voix mielleuse.
— Nous, on n'a pas de seins, mais on ne t'abandonne pas, conclut Philémon.

À la fin des cours, Cassandre attend que nous nous soyons éloignés des autres pour me rapporter les propos de ses copines :
— Esther a d'abord précisé qu'elle ne voulait pas que les renseignements que l'on pourrait tirer de nos copies puissent être transmis à la police. « Vous n'avez pas le droit de nous faire jouer le rôle de balances qui envoient des gens en prison ! » a-t-elle protesté. Et quand je lui ai répliqué que l'individu, Rudy, était sans doute l'auteur d'un homicide, elle m'a dit que certains crimes pouvaient être légitimes. Cléa, au contraire, a soutenu qu'il ne fallait pas laisser en liberté des personnes dangereuses susceptibles de faire d'autres victimes. « Et la justice, ai-je argumenté, c'est son travail d'évaluer le degré de culpabilité, de tenir compte

des circonstances, et ça évite les dérives, les jugements expéditifs comme on voit dans les westerns. » La discussion s'est enflammée et a progressivement dérivé vers des sujets philosophiques comme : « La justice est-elle toujours juste ? » Cléa, fidèle en amitié, s'est révélée une alliée dans la discussion face à une Esther très remontée. Nos échanges passionnés ont bientôt attiré Flavia et Yasmine. Cette dernière m'a fait jurer de ne pas dénoncer « son » Rudy : « Laisse-lui une chance, a-t-elle clamé. C'est un bon gars. Je l'ai lu dans ses yeux, et puis quand même, après, il a été se confesser... » « N'importe quoi, l'a coupée Flavia, comme si ça pouvait suffire ! » En bref, c'était super sympa et j'ai regretté que tu ne sois pas là.

Nous marchons en silence pendant de longues minutes. Je lui propose de passer chez moi pour le goûter, puis je la raccompagne chez elle.

À table, mon père me fait part d'un coup de téléphone du père de ma copine reçu il y a moins d'une demi-heure. Cassandre avait vu juste. Ce dernier tenait à attirer l'attention de mes parents sur le fait que notre relation ne pouvait que nous nuire en cette période d'examens. Mon père lui a rétorqué que nous étions assez grands et responsables pour faire la part des choses, et que sa fille avait une très bonne influence sur mon travail scolaire. L'autre a répondu que ce n'était pas réciproque et que Cassandre désertait de plus en plus la maison. Il a également sous-entendu que mes parents faisaient preuve de naïveté en pensant qu'on passait notre temps à réviser le bac. Il a ajouté qu'il avait, lui, de grandes ambitions pour sa fille, qu'il ne voulait pas qu'elle gâche son potentiel, etc.

Mon père a préféré mettre fin à la discussion, voyant à quel genre de personnage il avait affaire.

– À l'évidence, commente-t-il, je crois que le père de ta copine est très inquiet, à tort, à mon avis. Je pense aussi que…

– C'est un con, coupe mon frère.

– Donovan, laisse-moi finir et sois poli. Ta mère et moi nous vous avons toujours fait confiance et nous pensons que vous le méritez.

– Bravo papa ! Bien parlé ! reprend mon frère.

– Merci papa, dis-je doucement.

Ils ont raison de me faire confiance. Depuis que je sors avec Cassandre, je n'ai jamais autant travaillé. Mon frère conclut la discussion par une de ces phrases définitives dont il a le secret :

– Les bourges ne se reproduisent qu'entre eux, c'est une loi naturelle et je ne vois pas pourquoi on ferait une exception pour toi. Mon gars, ne t'attache pas trop à elle.

– Occupe-toi de tes affaires et laisse ton frère tranquille, intervient ma mère.

Contrairement à mon frère, je ne trouve pas le sommeil. Je pense sans cesse à Cassandre. Peut-être que Donovan a raison, je dois freiner mes sentiments pour ne pas trop souffrir si cet amour se révèle impossible. À cet instant, j'aurais voulu entendre la voix de mon amie.

Pour m'occuper l'esprit, je me plonge dans les copies de mes camarades.

Hugo C.
Vers le milieu de la rue Galilée

Je suis une poubelle, près de la cathédrale

Je sais que ce n'est pas glorieux mais c'est bien utile, une poubelle. Il est 9 h 10 et on vient de me vider. Je suis maintenant équipée d'un sac tout neuf ne sentant que le plastique. Je suis marqué du slogan « Rues propres grâce à tous » et du logo de la ville. Je suis prêt à recevoir vos « offrandes ».

Une vieille chemise blanche tachée d'encre rouge fourrée bien au fond par un bras musclé et tatoué.

Un papier de bonbon poisseux déposé difficilement par une toute petite fille (elle était sur la pointe des pieds).

Un paquet de cigarettes vide (celles qui tuent, donnent le cancer et rendent impuissant), lancé à deux mètres par une fille très adroite.

Un papier de cellophane déchiré qui devait entourer une carte pour recharger un portable, laissé tomber en passant par une femme très pressée. Il a bien failli s'envoler.

Un sac un peu huileux de la boulangerie-pâtisserie de la rue du Four ayant contenu des pains au chocolat encore chauds. Il sent très bon, comme la très belle jeune fille qui l'a jeté.

Une peau de banane bien mûre qui précède de peu un mouchoir en papier taché de rouge à lèvres dont se débarrasse une dame d'une cinquantaine d'années qui n'a pas pris le temps de déjeuner.

Un verre en plastique ayant contenu un soda à la cerise que fait choir de très haut un grand gaillard qui va être en retard au collège.

Un sac à pharmacie déchiré, un flacon presque vide qui sent l'hôpital et une large bande de coton humide déposés discrètement par une main large et puissante.

Un mégot propulsé avec le pouce et l'index (comme quand on joue aux billes) par un garçon aux cheveux bétonnés au gel extra-puissant. Ce projectile non éteint a rongé le mouchoir avant de mourir définitivement.

Une boule de papier froissé : un tract publicitaire pour un bar qui fait payer moins cher les consommations entre 18 et 19 heures. Celle qui l'a jeté doit se coucher beaucoup plus tard.

Une boîte en carton colorée avec à l'intérieur des frites molles et froides, une serviette maculée de ketchup et de mayonnaise, un petit bidon de yaourt à boire et un verre en carton avec un couvercle et une paille rayée. Le tout déposé délicatement par une fille d'une quinzaine d'années en retard d'un repas.

Une liste de courses pliée en quatre sur laquelle on peut lire : « Beurre, chocolat, balles de ping-pong, stylo rouge, pizza quatre fromages, shampoing antipoux. » Jetée avec quelques vieux mouchoirs par un homme à lunettes qui vidait ses poches.

> Commentaire de la prof.

Tout d'abord, il fallait oser le titre. Ensuite, je n'ose imaginer comment vous avez réalisé cette enquête. Avez-vous été obligé de vous « salir les mains » ? Avec vous, je dois dire que je m'attends à tout. C'est en tout cas une approche intéressante que vous avez menée sérieusement.

Et si ce qu'Hugo avait pris pour de l'encre rouge était en réalité du sang ? Et si, par un extraordinaire hasard, Rudy s'était débarrassé du linge utilisé pour étouffer le notaire précisément dans cette poubelle que surveillait notre ami ? Je ne sais pas si ce mode opératoire provoque des saignements. J'imagine bien notre légionnaire prêtant main-forte au couple mystérieux. Eux n'avaient pas les compétences requises pour tuer un homme de sang-froid. Les légionnaires, c'est leur métier. Je me souviens d'un reportage où un officier expliquait à sa troupe comment poignarder une sentinelle : « Il ne faut pas hésiter à frapper fort, précisait-il, parce qu'une paroi abdominale de soldat, ça résiste, ensuite vous remuez jusqu'à ce que le cœur lâche, en maintenant fermement votre main sur sa bouche, c'est clair ? » Ce jour-là, pour notre très entraîné Rudy, l'adversaire avait dû paraître bien facile à neutraliser. Après son forfait, il a probablement chargé le cadavre dans la voiture avant de faire demi-tour pour s'en retourner vers la rue piétonne.

J'entends mes parents discuter. Ils ont éteint la télé et se dirigent vers leur chambre. Vont-ils s'arrêter ?

— Erwan, tu ranges tes fiches et tu éteins, ordonne ma mère à travers la porte. Ne prends pas l'habitude de t'endormir trop tard.

— Tout de suite, maman.

8

Je vais à la rencontre de Cassandre pour qu'on puisse parler tranquillement. Je dois afficher une drôle de tête car je vois son visage, réjoui au moment où elle m'a aperçu, s'assombrir à mesure qu'elle se rapproche. Je n'attends pas qu'elle me questionne pour tout lui raconter. Sa première réaction est de m'embrasser tendrement, puis elle ajoute en se forçant à sourire :

– Toi qui rêvais d'amour romantique, tu vas être servi. Là, c'est Roméo et Juliette. Même ton frère s'y met. C'est les Capulets contre les Montaigus. Le Monde est contre nous. Non mais je rêve, on est au vingt et unième siècle et chacun peut choisir qui il a envie d'aimer.

– Je voudrais sincèrement que cela se termine mieux que pour les amoureux de Vérone.

Nous nous regardons en riant bêtement.

— Mon Roméo ! lance-t-elle comme si elle déclamait du Shakespeare.

— Ma Juliette ! dis-je sur le même ton.

Pendant le cours, ma copine relit le texte d'Hugo.

— Tu as raison. Tout fonctionne : Rudy est leur complice. Ils lui ont donné 10 000 euros pour faire le sale boulot. Ensuite, il est allé se confesser à l'église, puis il est passé récupérer son enveloppe cachée dans une poubelle du square du Gros-Tilleul.

Nous sommes interrompus dans notre discussion par un petit papier plié qui atterrit sur le cahier de Cassandre. Elle le lit sans afficher la moindre réaction avant de me le passer discrètement : *Et moi ? Cléa.*

— Qu'est-ce qu'elle te veut ?

— Elle s'ennuie de moi. Avant, j'étais toujours avec elle.

— Maintenant, tu m'as, moi.

— Toi, ce n'est pas pareil, tu es mon amoureux.

Pendant l'intercours, je laisse Cassandre retrouver Cléa et je rejoins mes deux compères.

— Encore délaissé, mon Erwan, tu veux faire un petit câlin ? lance Philémon.

— Et toi, tu as retrouvé ta copie ?

À ma grande surprise, il extirpe de la poche arrière de son pantalon une feuille pliée en quatre et prévient :

— Attention au choc esthétique ! Si je ne te l'ai pas donnée plus tôt, ce n'était qu'en partie parce qu'elle était perdue.

En réalité, j'hésitais à la laisser circuler, c'est du lourd, voire du toxique pour certains. Des vocations d'auteur risquent d'être foudroyées par tant de puissance créatrice. D'ailleurs, toi, attends d'être assis et au calme pour la découvrir, le talent, c'est parfois violent.

– Merci, j'en userai avec modération et ne la ferai lire qu'à des personnes solides.

– J'espère, car je ne plaisante pas, mon ami.

Au retour de la pause, Cassandre me fait signe qu'elle va s'asseoir près de Cléa et me lance un clin d'œil. Je prends place à côté d'Apolline qui me glisse à l'oreille :

– Cela faisait longtemps, mister.

– En effet, je suis très pris par l'enquête.

– C'est comme ça que tu surnommes Cassandre ? L'« enquête » ? C'est original !

À côté de cette fille tellement intéressée par le cours, je me surprends à écouter le prof et même à prendre des notes, juste pour moi. Je vois ma copine en grande discussion silencieuse avec Cléa. Une feuille de classeur fait sans cesse des allers et retours après avoir reçu la réponse de l'une ou de l'autre. Aux sourires dessinés sur leurs lèvres, elles semblent bien s'amuser. Peut-être parlent-elles de moi ? Pour ma part, je suis tenté de lire la prose de Philémon sans attendre mais j'ai peur que le prof me repère et la fasse disparaître. On a tellement eu de mal à la récupérer, ce serait dommage.

En quittant le lycée, je demande à Cassandre :
— Pour cet après-midi, il y a moyen qu'on passe du temps ensemble ? Il vaut peut-être mieux éviter d'aller chez toi ?
— Si si, je veux que tu visites ma chambre. Normalement, mes parents sont à Paris pour tout l'après-midi. Ils font le tour des galeries d'art et rencontrent des artistes. En partant, ils doivent déposer Anne-Charlotte à un anniversaire et c'est moi qui suis chargée de la récupérer vers 17 h 30 car ils pourraient rentrer très tard. *A priori*, cela s'annonce donc merveilleusement bien pour nous : intimité, bisous, mystères à résoudre et muffins au citron. Mais, connaissant l'esprit retors de mon père, je vais être très prudente. Je vais te fixer un rendez-vous dans le square près de chez moi et tu surveilleras ma fenêtre. On va se la jouer très « conte de fées » : si tu vois un ruban blanc, tu peux venir, si c'est un ruban rouge, tu attends.
— Génial !

Assis sur un banc, mon sac ouvert près de moi, je relis les fiches de révisions en m'autorisant à relever la tête entre deux. Je suis là depuis presque trois quarts d'heure. Comme prévu, du rouge flotte à la fenêtre de ma copine. Peut-être un maillot de bain. J'imagine dans quel état doit être Cassandre : j'espère qu'elle parvient à cacher son énervement à ne pas les voir partir. En terminant la biographie de madame de La Fayette, j'ai le bonheur d'apercevoir Cassandre qui saute en agitant un tee-shirt blanc à la main.

Elle me rejoint dans la rue et m'embrasse fougueusement.
— Ils m'auront tout fait, ceux-là. Pendant le repas, mon père jouait le patron débordé qui serait peut-être obligé de travailler sur un dossier urgentissime au lieu de faire les visites d'ateliers prévues. Ensuite, je l'ai vu s'affairer sur son ordi portable au milieu du salon avec son petit sourire aux lèvres qui m'exaspère tellement. J'ai décidé alors de me replier dans ma chambre pour ne pas risquer de trahir mon impatience. Enfin, ils sont partis mais presque en catimini, en laissant la radio et la télévision allumées pour me faire croire un peu plus longtemps à leur présence. Mais moi, de ma fenêtre, je guettais la grille. Quand j'ai vu la voiture sortir, j'ai quitté prudemment ma chambre et j'ai inspecté chaque pièce. Mon père aurait très bien pu charger ma mère de conduire seule ma sœur à son invitation et me faire une surprise. Ils étaient bien partis mais ma méfiance était justifiée. Son portable était encore allumé et la webcam branchée. Je ne sais pas s'il a trouvé un moyen d'enregistrer les images ou bien s'il a la possibilité de nous surveiller en direct. J'ai vu un reportage sur des parents aux États-Unis qui espionnaient quotidiennement leur nounou depuis leur bureau.
— Qu'est-ce qu'on fait, alors ?
— J'ai testé : si tu rampes sans parler en traversant le salon, tu seras indétectable.
— Super ! Et tu n'as pas peur que ce soit un faux départ ?
— Ne parle pas de malheur !

Sa chambre, située au premier étage, est vaste et bien rangée. Un grand écran trône sur son bureau.

– Depuis deux jours, pour des causes que je crois « paternelles », ma connexion se coupe sans arrêt. Je me remets à lire et à rêver... de toi, bien sûr.

– Tu vas bientôt vivre comme au vingtième siècle !

Nous restons enlacés pendant de longues minutes, nous en avions tous les deux besoin. Personne n'ose prendre l'initiative de s'écarter en premier.

– Et ils restèrent ainsi jusqu'à la fin des temps, me glisse Cassandre à l'oreille.

– Au boulot, dis-je.

– Allons-y. On commence par l'inédit...

Philémon M.
Rue Galilée, à la hauteur du passage de la Fraternité (premier sas avant l'espace)

Je suis installé à un carrefour stratégique entre le Monde d'en bas et l'au-delà extragalactique. De mon poste d'observation, je devine le sas invisible protégeant la piste d'aspiration des humains qui serviront de cobayes à nos futurs maîtres aux pouvoirs surmultipliés et au cerveau infini.

C'est bientôt l'heure du grand transit. Il est 0 h 000000, heure locale de XUW114, planète-capitale de la galaxie de l'Alpha du Centaure.

Un humain offrira, sans l'avoir voulu et totalement par surprise, son corps et son âme aux hypersavants des autres mondes. Il sera l'objet des expériences les plus terribles et des observations les plus fouillées.

Je le vois. Il arrive, un gros cartable à la main. Il porte une cravate rouge. C'est peut-être à cause de ce détail-là qu'il a été choisi. L'homme vient de franchir la frontière invisible. Je compte à rebours depuis vingt-cinq.

C'est fait. Son corps, débarrassé de ses oripeaux d'habitant de zone tempérée, a été dématérialisé afin de gagner à une vitesse supraluminique une base en orbite haute autour de la Terre, première étape de son dernier voyage.

Je n'ose m'aventurer près de l'endroit sacré, même si je sais que le risque est passé puisqu'il est maintenant 0 h 000001 là-bas. J'attends cinq bonnes minutes avant de m'approcher. Comme prévu, l'homme a disparu. Il ne reste rien qu'un passage très sombre aux murs sans fenêtres, qui débouche sur un boulevard encombré de voitures. Je progresse dans l'étroit couloir. Aucune trace. Je touche le sol : il est encore chaud des radiations cosmiques.

J'ai une pensée pour cet homme dont le seul tort était d'avoir traversé la porte de l'au-delà, celle qui ne s'ouvre qu'une fois par siècle humain à 0 h 000000 heure locale de XUW114. J'espère qu'il ne souffrira pas trop avant de finir en échantillons au fond de tubes à essai.

> **Commentaire de la prof.**
>
> *C'est un bon début. J'attends la suite avec impatience.*

– Si on traduit, commente Cassandre, la voix pleine d'émotion, il a vu le notaire, « cartable à la main et cravate rouge », entrer dans le passage de la Fraternité. Quand Philémon s'est rendu sur les lieux, la victime avait disparu. S'il avait bougé deux minutes plus tôt, il aurait vu le notaire se faire charger dans la voiture. Erwan, nous avons la preuve qui nous manquait. C'est génial ! C'est trop beau !

Elle se jette sur moi pour m'embrasser. Nous roulons sur le lit. On pourrait nous prendre pour deux footballeurs qui viennent d'offrir le but victorieux à leur équipe. Après avoir repris notre souffle, je propose d'enchaîner avec les dernières copies.

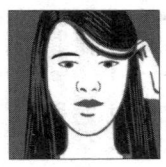

Sophie D.
Quai de la Paix, entre le pont de l'Europe et le pont Clemenceau

Le long du quai de la Paix, comme son nom l'indique, tout est tranquille. Puisque aucun humain ne daigne se montrer, intéressons-nous aux petites bêtes qui vivent près de nous.

J'observe d'abord le travail fascinant des fourmis. Je les vois qui transportent des débris de brindilles le long du parapet. Elles vont rejoindre leur maison. L'entrée du trou est surmontée d'une petite dune de sable dont le contour semble tracé au compas. C'est comme un volcan dont le cratère aussi dessinerait un cercle parfait. Je ramasse une herbe pour participer à leur passionnante activité. Je la plante au milieu du trou et j'attends la réaction. Les fourmis s'affairent en secret et ma brindille remonte et s'écroule lamentablement sur le côté. Elle roule et tombe du parapet.

Un couple de gendarmes, des insectes rouge et noir, attire mon attention. Ils sont collés par l'arrière. Je suis certainement en face d'un accouplement. Je ne sais si c'est leur première fois mais ils me semblent à la fois maladroits et gênés. Ils ne savent où aller pour se cacher.

Une mouche s'invite sur ma main. C'est une des premières que je vois cette année. Il est vrai que le temps est particulièrement doux pour un mois d'avril (je parle comme ma grand-mère). Elle se déplace ou s'arrête pour se frotter les pattes avant. Elle vient peut-être de se réveiller après un long hiver et elle a du mal à reprendre une vie normale.

> Commentaire de la prof.

Je ne m'attendais pas à trouver des descriptions de cette nature dans ce devoir mais, après tout, ces petites bêtes habitent aussi la ville. J'aurais tout de même préféré vous voir travailler dans un endroit plus fréquenté. Par ailleurs, vos descriptions versent souvent dans l'anthropomorphisme.

– Là, je crois sérieusement qu'il n'y a rien à en tirer. J'ai un instant cru qu'elle avait eu la même idée que Milan, que les gendarmes dont elle parlait étaient des vrais.
– Ceux qui sont collés par leurs fesses ? Tu plaisantes !
– Oui, je rigole.

Jules B.
Quai de la Paix, à la hauteur du pont Clemenceau

Il y a un banc sur lequel je suis assis pour écrire. À cinquante mètres en direction du centre, une femme est assise sur le parapet. Je ne l'entends pas du tout et elle me tourne le dos. Je vois juste son corps bouger et j'imagine…

<u>Une femme téléphone</u>

Une
Femme tel un faune
Grimaçant, bouche tordue
Par une joie mauvaise

Une
Infâme téléphone
Insultant, exhalant l'haleine
De la haine

Une
Affamée t'informe
Que la vengeance est accomplie
Que l'heure du festin est venue

Une
Femme se tait, aphone
Les yeux fermés
Sur son secret.

Une femme téléphone.

> **Commentaire de la prof.**
>
> *Vous avez pris plaisir, à partir d'une phrase basique, à jouer sur les sons. Ce jeu sur les syllabes est intéressant, et une histoire avec un sens se construit au fur et à mesure. Votre travail est concluant.*

— Là, on pourrait vérifier, dis-je, si, par chance, cette femme correspond à celle que nous recherchons. Il a parlé de vengeance, de haine. Cela pourrait coller.

— J'en doute. Il précise qu'il est à cinquante mètres et qu'il ne voit que son dos. Soit il a beaucoup d'imagination, soit c'est un magicien qui lit dans les pensées à distance.

— Mais il était situé quai de la Paix. C'est un des itinéraires possibles de la passagère après qu'elle a abandonné la voiture.

— On peut essayer. Jules, c'est un copain à toi ?

— Nous étions très proches en troisième avant qu'il ne s'intéresse de trop près à la botanique orientale.

— À la quoi ?

— Les plantes originaires du Liban, du Maroc ou de l'Afghanistan qu'on fait sécher et qui se fument.

— Je vois de quoi tu parles. Je l'ai toujours trouvé un peu décalé, un peu ailleurs. À part lui, il reste qui ?

— Deux autres beaux spécimens de la gent masculine : tout d'abord, Aldéric, qui a fait un joli dessin.

Aldéric G.
Sur le quai de la Paix, à l'ouest du pont de Valmy

Moi, mon support de création, c'est le dessin. Alors je me suis autorisé un vrai plaisir et puis tout le monde sait qu'un petit dessin vaut mieux qu'un long discours.

> Commentaire de la prof.

La forme était libre, certes, mais nous sommes en expression <u>écrite</u>, pas en arts plastiques.

— Il est quand même grave celui-là. Tu ne trouves pas ?
— Je suis d'accord. Et l'autre ? C'est qui ?
— Le délicieux Vladimir.
— Mais il a triché et il s'est fait pincer. La prof en parlait dans le commentaire du texte de Sandy. Je n'en reviens pas qu'il t'ait quand même donné sa copie.
— Pas exactement...
— Tu lui as piqué ?
— Pas moi, mais je l'ai trouvée ce matin dans mon sac. Sans doute un ami qui lui veut du bien. On prend le temps de la lire ?
— Vas-y.

Vladimir S.
Rue Jeanne-d'Arc

J'ai essayé de retranscrire fidèlement une situation que j'ai vécue vers 10 heures au centre-ville, rue Jeanne-d'Arc.

Au milieu de la rue Jeanne-d'Arc, un grand type me saisit par le bras ; un agent faisait les cent pas sur l'autre trottoir.

— Donne-moi quelque chose, patron ; j'ai faim.

Il avait les yeux rapprochés et des lèvres épaisses, il sentait l'alcool.

— Ça ne serait pas plutôt que tu aurais soif ? demandai-je.

— Je te jure, mon pote, dit le type avec difficulté, je te jure.

J'avais retrouvé une pièce d'un euro dans ma poche.

— Je m'en fous, tu sais, lui dis-je, c'était plutôt pour dire.

Je lui donnai la pièce.

— Ce que tu fais là, dit le type en s'appuyant contre le mur, c'est bien ; je m'en vais te souhaiter quelque chose de formidable. Qu'est-ce que je vais te souhaiter ?

Nous réfléchîmes tous les deux ; je dis :

— Ce que tu voudras.

— Eh bien, je te souhaite du bonheur, dit le type. Voilà.

Il rit d'un air triomphant. Je vis que l'agent de police s'approchait de nous et j'eus peur pour le type :

— Ça va, dis-je, salut.

Je voulus m'éloigner mais le type me rattrapa :

— C'est pas assez, le bonheur, dit-il d'une voix mouillée, c'est pas assez.

— Eh bien, qu'est-ce qu'il te faut !

— Je voudrais te donner quelque chose…

— Je vais te faire coffrer pour mendicité, dit l'agent.

Il était tout jeune, avec des joues rouges ; il essayait d'avoir l'air dur :

— Voilà une demi-heure que tu emmerdes les passants, ajouta-t-il sans assurance.

— Il ne mendie pas, dis-je vivement, on cause.

L'agent haussa les épaules et continua son chemin. Le type chancelait d'une manière inquiétante ; il ne semblait pas même avoir vu l'agent.

– J'ai trouvé ce que je vais te donner. Je vais te donner un timbre de Madrid.

Commentaire de la prof.

Dès la première lecture, j'ai été surprise par votre emploi des points-virgules dans ce curieux dialogue qui, malgré la pauvreté de son vocabulaire, me paraissait bien littéraire. Les phrases : « Il ne semblait pas même avoir vu l'agent », « Nous réfléchîmes tous les deux » sonnaient bizarrement à mon oreille. Alors, j'ai eu l'idée de lancer un concours en salle des professeurs pour trouver de quel livre était issu ce passage. C'est votre professeur de philosophie, le très « sartrien » M. Venelle, qui a gagné en reconnaissant la première page de L'Âge de raison de Jean-Paul Sartre[1]. Vous avez tout de même adapté légèrement le texte pour vous y faire figurer à la place du personnage qui se nomme Mathieu. Pourquoi persévérez-vous à tricher ? Cette activité vous demande des recherches et de la réflexion,

---

1. *L'Âge de raison*, de Jean-Paul Sartre, est paru en 1945 aux éditions Gallimard.

et ne vous rapporte que des ennuis. Mettez plutôt votre énergie dans le travail demandé, comme les autres.

— C'est vraiment un clown, celui-là !
— À qui le dis-tu ! Tu ne bouges pas, je vais chercher les muffins. Moi, je peux circuler debout.
Elle revient quelques minutes plus tard et m'annonce :
— Je n'ai pas pu m'empêcher de faire quelques grimaces à la webcam.
— Tu crois qu'ils ne se douteront de rien ?
— Je veux qu'ils se doutent mais qu'ils ne puissent rien prouver.

Une demi-heure plus tard, nous marchons main dans la main au milieu de la foule du centre-ville. Nous nous dirigeons vers le domicile de la copine d'Anne-Charlotte. À un moment, je sens les doigts de Cassandre qui se crispent et elle s'écarte pour saluer discrètement une femme d'une quarantaine d'années, peut-être une collègue de sa mère ou une voisine qui nous dénoncera. Elle met quelques minutes avant de me prendre le bras. Juste avant qu'on se sépare, elle me promet de m'appeler le lendemain dans la matinée.

9

Je révise dans le salon près du téléphone. Je suis seul. Mon frère se remet de sa nuit blanche et n'émergera que dans l'après-midi. Mes parents sont au marché. À 10 h 35, la sonnerie m'arrache à *L'Éducation sentimentale* du bon Gustave Flaubert.

— Allô, c'est toi ?

— Oui, mon Erwan. D'après mes calculs, je suis tranquille pendant au moins une demi-heure. Tu ne t'ennuies pas trop de moi ?

— Si, bien sûr. Mais je pense à toi en contemplant ta belle écriture. Tu vas faire quoi cet après-midi ?

— Cléa s'est invitée pour le goûter. Elle a des visées sur un garçon de la classe. Nous devons élaborer un plan d'attaque.

— C'est qui ?

— Je le saurai tout à l'heure. Et toi ?

— Je vais essayer de voir Jules pour notre affaire en fin d'après-midi.

– Déjà ! J'entends mon père qui rentre de son footing. Que va-t-il encore m'inventer ? Salut, je t'aime.
– Moi aussi, je t'aime.

Jules habite un petit pavillon près de l'école primaire où nous nous sommes rencontrés. On trouve partout chez lui des photos de son père posant en militaire avec des copains. C'est un homme distant, au visage sec et fermé, du genre à ne jamais rien laisser passer. Son fils a appris à ruser mais ils sont souvent en conflit. Comme toujours, sa mère m'accueille avec une grande gentillesse :
– Je suis contente de te voir, cela faisait longtemps. Aux dernières nouvelles, Jules dormait sur son lit, je vais voir.
Son père m'adresse un mouvement de tête pour me saluer et se replonge dans le montage d'un avion de guerre.
– Bonjour, monsieur.
J'attends sans rien dire. Une fois, je lui avais poliment adressé un compliment dans le style : « Il est beau, votre avion. » Il m'avait répondu sèchement : « Tu n'y connais rien, t'es comme mon rigolo de fils. » Mon copain apparaît avec son air habituel, celui de quelqu'un qui vient juste de se réveiller, sauf qu'ici c'est sans doute la réalité. Nous descendons dans le garage, son domaine, pour nous écrouler dans de vieux et confortables fauteuils.
– Ça va ? articule-t-il. Tu veux une bière ? Y en a de la fraîche.
– Non merci, je n'aime pas ça.
– Ah oui, c'est vrai.

Il en saisit une dans un petit frigo tagué à la bombe noire.
— À la tienne! lance-t-il avant de biberonner sa canette. Quel bon vent t'amène?
— L'enquête que je mène avec Cassandre sur la mort du notaire. On a découvert de vrais indices dans les copies. J'avais des questions à te poser sur la fille dont tu parles. Tu ne l'as pas décrite, mais tu te souviens d'elle?

Mon copain m'observe longuement tout en finissant son breuvage. Il va se chercher une autre bière qu'il ouvre en commentant :
— Il faut que je me réveille. Mais oui, je peux te dire pas mal de trucs sur elle.

Il prend le temps d'entamer sa deuxième canette avant d'ajouter :
— Elle a une bonne trentaine. Elle était très excitée au téléphone. J'étais loin mais avec un petit effort j'aurais pu comprendre ce qu'elle racontait. Au départ, comme je n'avais pas d'inspiration, j'écrivais un peu tout ce que je voyais. J'avais idée de bidouiller un texte au retour avec les éléments que j'avais notés. Je n'ai rien gardé sur elle mais je m'en souviens bien. Elle avait une robe dans les tons verts, des cheveux courts, bruns.
— Ce n'est pas la fille que je recherche.
— Elle est comment, l'autre?
— Une rousse, avec des lunettes de soleil.
— J'en ai vu une comme ça, mais plus jeune et très classe. Elle est passée devant moi juste avant que je repère l'autre. Elle allait dans la direction de l'île aux Chiens.

– Bizarre, ou alors c'est une troisième rousse à lunettes. Ce n'est pas possible, elles s'étaient donné rendez-vous ce matin-là pour un rassemblement ! Bon, on laisse tomber cette histoire et on parle d'autre chose. À part ça, tu vas bien ?
– C'est moyen. Je me sens très seul en ce moment. Je n'ai plus trop d'amis...
– Si on ne se voit plus autant qu'avant, tous les deux, c'est à cause de ce que tu sais.
– J'ai arrêté, disons... presque complètement, suite à une intervention disons... « musclée » de mon père. Je suis dorénavant sous haute surveillance. Ma chambre et mes fringues sont régulièrement et méticuleusement fouillées, et je n'ai plus aucun argent de poche pour m'approvisionner. Les copains m'ont dépanné un peu au début mais comme je ne peux pas leur en refiler à mon tour, maintenant la plupart d'entre eux m'évitent. Je ne suis pas très en forme car j'avais pris des habitudes de consommation et c'est un peu dur, je veux dire physiquement, de tourner la page. Mes vieux ont vu que j'étais mal, alors ils me financent une cartouche de cigarettes par semaine et quelques bières pour le week-end. Comme ça, j'ai les mêmes vices que mon père et ça doit les rassurer.

En ce moment, ici, c'est pression maximale. Si je ne prouve pas à mes parents que je suis capable d'avoir des notes correctes au bahut, ils se sont mis en tête de m'inscrire dans une école de l'armée l'année prochaine. Moi qui veux faire un job artistique, de la BD ou de l'architecture, tu vois, ce n'est pas gagné.

Et toi, ça va ? Je regrette le temps où on se voyait souvent. J'aime bien tes parents aussi, ils sont cool, surtout ta mère qui est assez directe mais super gentille. Une fois, je suis passé chez toi et tu n'étais pas là, on a mangé avec ton frère et après j'ai fait la sieste sur ton lit. Elle m'a rien demandé. C'était la première fois que mon père me foutait dehors à cinq heures du mat' avec interdiction de remettre les pieds à la baraque avant la nuit. « Il faut que tu commences à t'habituer à ta vie de clodo », qu'il avait dit.
– Tu révises en ce moment ?
– Surtout le français. Je relis les bouquins et j'ai trouvé des commentaires de certains des textes sur Internet. J'y ai passé la nuit. C'est pas mal, les bouquins. Ces mecs, ils laissent un souvenir de leur passage. On en parle encore des centaines d'années plus tard. Ça donne envie.
– Je suis content de te voir revenu parmi nous.
– Je pourrais faire encore mieux mais le problème, c'est que je n'ai pas envie de faire plaisir à l'autre, là-haut. Je ne veux pas qu'il croie que son éducation à la dure, ça peut marcher.
– Fais-le pour toi et... pour ta mère. C'est ta vie, après tout.
– T'es un pote, toi. Faut plus qu'on se perde de vue tous les deux.

Une nouvelle semaine commence. J'arrive en avance pour discuter avec Clémence :
– Aurais-tu par hasard des notes sur les vêtements que portaient les deux ravisseurs ?

– Non, mais je suis sûre de moi. Alors, voyons... Le conducteur : casquette et blouson de cuir. Je te rappelle que je n'ai vu que le haut de son corps.
– La corpulence ?
– Assez mince. Alors, la conductrice maintenant : robe verte jusqu'aux genoux, ballerines noires un peu usées. Cela te convient ?
– Comme toujours, c'est très précis. Merci.

Pendant la pause de 10 heures, je retrouve Cassandre dans la cour.
– Alors, ce dimanche avec ta copine ?
– Super ! On s'est fait des tas de confidences. Cela faisait longtemps qu'on ne s'était pas confiées l'une à l'autre comme ça. Pourquoi tu me regardes ? Je ne vais rien te raconter ! Toi, tu ne m'as jamais rapporté les propos que vous tenez entre garçons pendant vos réunions de mangeurs de gâteaux.
– Je n'ai rien dit.
– Pour notre affaire, nous devons prendre une décision. Nous avons épluché toutes les copies et je pense que nous en avons tiré le maximum. Nous n'avons pas les moyens matériels de poursuivre. Alors, qu'est-ce qu'on décide ? On aide les policiers ou on attend qu'ils trouvent eux-mêmes pour vérifier nos hypothèses ?
– On s'y prendrait comment ? On irait leur parler ?
– Tu es fou ! Imagine tes parents qui découvrent que tu continues à enquêter alors que tu as promis de te concentrer exclusivement sur le bac, et les miens qui s'aperçoivent

que je passe tout mon temps avec toi. La seule solution, c'est la lettre anonyme. On dit juste ce dont on est sûrs, on n'explique pas comment nous avons eu les informations pour ne pas impliquer nos copains qui pour certains sont totalement opposés à l'idée d'aider les flics.
— Et on ferait ça quand ?
— Le bac blanc commence après-demain. C'est la priorité du moment. Nous sommes en vacances à la fin de la semaine. On se donne une dizaine de jours de réflexion et on décide.
— D'accord, ma Juliette.

Aujourd'hui, c'est le début des épreuves orales de français, et la journée est banalisée. Nous n'avons pas de cours et chacun est convoqué à un horaire différent. Je passe en fin de matinée avec la prof des premières scientifiques. Elle me demande de présenter le passage et ensuite d'évoquer le mouvement symboliste au dix-neuvième. Lorsque je finis de réciter la fiche de Cassandre, la prof me sourit et m'annonce :
— Vous avez du temps, essayez de rentrer un peu dans le texte en vous écartant de vos notes.
Je suis complètement déstabilisé par cette demande et je ne trouve rien d'autre à faire que répéter d'une manière un peu différente ce que j'ai dit la première fois. Elle me coupe avant la fin de la deuxième phrase :
— Si vous n'avez rien de nouveau à apporter, nous allons arrêter là. Merci. Pour votre information, si nous étions le jour J, je vous aurais donné juste la moyenne, c'est-à-dire 10.

– Merci, madame, bonne journée.

Dans le couloir, j'échange quelques paroles avec Aldéric qui attend son tour. Il me demande de lui raconter puis conclut par un laconique :

– On s'en fout après tout, ce n'est que le bac blanc.

À la sortie, j'aperçois Morad assis au pied d'un arbre. Je m'assois près de lui et l'interroge :

– Tu es déjà passé ?

– Oui, j'attends Sophie. C'était bien ?... Moi non plus.

Je profite de l'occasion pour lui demander des précisions sur sa copie du matin du meurtre.

– Le militaire, je l'ai vraiment vu, mais la femme, je l'ai totalement inventée parce que je trouvais que c'était un peu court sinon. Ensuite, Sophie m'a aidé à trouver les idées. Ça nous a pris cinq minutes.

– Donc, tu n'as pas croisé de femme avec des lunettes noires ce matin-là ?

– Non, mais on avait le droit d'inventer.

– J'y vais. Bonjour à Sophie et à plus.

Cassandre fait un détour par la maison avant d'aller au lycée. Je lui fais part des explications de Morad et des remarques de l'examinatrice sur ma prestation, puis je l'interroge :

– Tu passes à quelle heure, déjà ?

– Je suis l'avant-dernière, à 17 h 45, j'espère que la prof ne me fera pas payer sa lassitude.

– Nous avons une bonne partie de l'après-midi tranquille, alors.
– Sauf que, mon chéri, j'ai prévu d'accompagner Cléa qui passe à 15 h 30. Ensuite, elle me tiendra compagnie jusqu'à mon oral.
– D'accord, dis-je, déçu.
– Tu ne me fais pas la tête, là ? demande-t-elle en souriant.
– Non, non.

Pendant l'heure qui suit, j'essaie de faire bonne figure en imitant le ton distant et hautain de mon examinatrice puis en écoutant Cassandre raconter ses démêlés avec son père. Comme il n'est pas convaincu qu'elle a cessé de me fréquenter, il parle chaque soir de nouveaux projets professionnels qui leur imposeraient peut-être un déménagement pour l'étranger ou le sud de la France. Mon amie est sûre que c'est sa façon de lui montrer que, bien qu'elle soit bientôt une adulte, c'est encore lui qui tient les rênes de sa vie. De son côté, elle s'efforce de ne pas trop répliquer à ses provocations. Elle adopte un visage muet et souriant qui a le don de mettre son père mal à l'aise.

Quand je me retrouve tout seul, je me jette dans mes révisions de la partie écrite qui a lieu le lendemain, en relisant les corrections collectives des devoirs sur table effectués au cours de l'année. Je me force à ne pas penser à Cassandre qui paraît préférer sa copine à son « Roméo ». Mon père a raison de dire qu'elle m'aura donné le goût du travail.

Ma copine repasse après l'épreuve mais en coup de vent, juste pour m'annoncer son 14 et m'enlacer quelques minutes.

Elle dit qu'il est déjà tard mais, en la regardant partir depuis la fenêtre de ma chambre, je comprends qu'elle ne veut pas faire attendre Cléa qui poireaute au coin de la rue.

Le lendemain, nous planchons toute la matinée sur notre épreuve écrite de français. Je saute sur le troisième sujet et je me sens assez fier de mon travail d'invention quand je quitte la salle. C'est après que ça se gâte, au moment où chacun raconte ce qu'il a fait et que tout le monde semble d'accord, sauf moi. J'évite de trop parler pour ne pas me ridiculiser. J'ai longtemps cru qu'on pouvait avoir raison seul contre une dizaine de bons élèves, maintenant que je connais mieux le sens du mot « hors sujet », je suis moins catégorique. Cassandre perçoit mon malaise car elle me prend la main pour m'écarter du groupe et glisse de sa douce voix :

– T'as l'air déçu ? Dis-toi qu'il vaut mieux rater celui-là que celui du mois de juin. Allons chez toi pour nous remettre de nos émotions. Si tu veux, nous pouvons même manger ensemble. Hier soir, j'ai évoqué la possibilité qu'on déjeune entre filles au fast-food après l'épreuve. Ma mère ne s'attend pas à un coup de téléphone de confirmation puisque je n'ai plus de portable.

– Avec plaisir. Si tu aimes les nouilles au jambon et que tu supportes la compagnie de mon frère.

– Celui qui me traite de bourge ?

– Je n'en ai qu'un, et heureusement.

Le repas se passe dans la bonne humeur. Mon frère joue un peu au vieux blasé pour qui « le bac, c'est déjà loin ! » (en fait, juste deux ans). J'ai l'impression d'entendre mon père raconter sa jeunesse et ses escapades héroïques à vélo avec ses copains. Je regarde Cassandre. Je la trouve très belle quand elle mange des nouilles au jambon.

La semaine se finit mieux qu'elle n'avait commencé car j'ai la conviction d'avoir très bien réussi les épreuves scientifiques. La première partie des vacances se déroule sous le signe de l'ennui car ma dulcinée part skier dans les Alpes avec ses cousines.

Je la retrouve enfin à la maison par un après-midi pluvieux. Nous célébrons avec tendresse nos retrouvailles avant de nous installer dans le coin salon. Il est temps que nous prenions une décision sur notre collaboration avec la police. Je lui demande :

– Tu as réfléchi pour notre affaire ?

– Et toi ?

– Je pense qu'il faut envoyer une lettre aux enquêteurs.

– Si tu veux, mais on doit faire attention à ce qu'on raconte : seulement des faits, pas ce qu'on en déduit.

– Je suis d'accord.

Je vais chercher un bloc de papier, une enveloppe et le sachet de gants à usage unique que mes parents utilisent quand ils font de la peinture.

– Je pense que c'est moi qui vais écrire, dit-elle en enfilant les gants. Tu es quasiment illisible.

– Il faut que tu prélèves une page au milieu du bloc et pareil pour l'enveloppe. Je serais bien embêté s'ils trouvaient les empreintes de ma mère sur le papier.

Cassandre s'exécute. On se regarde en souriant, comme si on s'apprêtait à faire une blague à quelqu'un. Ma copine commence :

1. *Dans la rue du Four, le notaire a crié : « Les Wass (ou Wess) auront ma peau. »*
2. *Quelques minutes plus tard, il a pénétré dans le passage de la Fraternité.*
3. *Ensuite, il a été vu allongé à l'arrière de sa Mercedes au niveau du pont de Valmy. La voiture était conduite par un homme moustachu d'une cinquantaine d'années portant une casquette en cuir. La passagère à ses côtés avait une chevelure rousse. Elle est plus jeune que le conducteur.*
4. *Quelques instants auparavant, ces deux personnes avaient provoqué un incident avec la Twingo d'une personne âgée au feu tricolore situé quai de la Résistance, au niveau du pont de l'Europe.*

Cassandre relève la tête et m'interroge :
– C'est tout ? On ne parle pas de Rudy ?
– Non, ils en savent autant que nous à son sujet. Étant donné la somme qu'ils ont trouvée sur lui, ils doivent avoir fait le rapprochement avec le meurtre du notaire. Nous n'avons aucun élément nouveau à leur fournir.

Cassandre ferme l'enveloppe, enlève ses gants et regarde sa montre.

– Tu ne restes pas un peu ?
– J'ai promis à Cléa de passer chez elle vers 15 heures. Il ne faut pas que je traîne. Tu veux que je dépose la lettre dans une boîte en y allant ?
– Non, je vais mettre les gants et c'est moi qui vais la poster.
– Alors, en fait, nous allons faire un bout de chemin ensemble ?

Il y a une boîte pour le courrier à moins de cent mètres de chez moi. Une fois sur place, nous ne pouvons nous empêcher de regarder autour de nous pour vérifier que personne ne nous observe. Je retiens mon geste un instant :
– Je compte jusqu'à dix et je lâche la lettre. Tu peux encore t'y opposer. 10, 9, 8, 7, 6, 5, 4, 3, 2, 1... 0.
– J'espère que nous n'avons pas fait une bêtise. Tu m'accompagnes encore un peu ?
– Si tu veux.
Sur le chemin, nous restons quasiment muets. Chacun semble plongé dans ses pensées. Moi, je commence à imaginer la suite des événements que va déclencher notre missive : la réunion dans le bureau du commissaire, les recherches dans les ordinateurs, les coups de téléphone au juge, les voitures qui partent arrêter des suspects, les interrogatoires, les gardes à vue. Et tout ça... grâce à nous. Juste devant l'immeuble de Cléa, nous nous embrassons longuement. Elle propose :

— Tu ne veux pas monter un peu ? Cléa serait d'accord.
— Non, je vous laisse entre filles.
— Toi, tu as peur qu'après je m'invite à un de vos goûters ?
Je souris. Je crois qu'elle a raison.

Pour une fois, je suis à l'heure, mes copains en sont surpris. Nous passons directement au sujet sérieux, c'est-à-dire la dégustation. Milan a fait fort. Pour ne pas risquer d'être déçu, il a commandé les gâteaux à l'avance. Au programme et pour chacun : un Paris-Brest, un millefeuille, une religieuse au chocolat. Après la rituelle salve d'applaudissements, nous commençons dans l'ordre immuable défini par le club. Le millefeuille est englouti sans tarder, en revanche le Paris-Brest occupe plus de temps car nous sommes en présence de différentes techniques d'approche. Milan le décapuchonne et racle la totalité de la crème mousseuse à la noisette avec l'index puis, après s'être longuement sucé les doigts, avale la pâte à choux pliée en quatre en une fois. Philémon entreprend de démouler la garniture dans son assiette avant de manger la pâte puis de déguster la crème avec une petite cuillère. Pour ma part, je mords dans la pâtisserie et ensuite je mange par minuscules bouchées le reste de l'anneau. C'est de loin notre gâteau préféré car nous adorons son goût de praliné-noisette et la douceur de la crème mousseuse.

Un hommage vibrant est rendu par Philémon à la corpulence de la religieuse :

— Oh ! divinité dodue, permets-nous de dévorer sans vergogne ta tête... dit-il en joignant le geste à la parole.

Puis, la bouche pleine, il continue :
— ... et ton corps de déesse nourricière aux formes avantageuses. Laisse-nous lécher ton glaçage sucré et...
Nous partons dans un fou rire et je manque de m'étouffer. Après un long silence chargé d'émotion, nous évoquons nos quelques jours d'examens. Personne ne pense avoir fait des prouesses. Tout d'un coup, je me sens moins seul. Milan nous annonce qu'il a réussi à se faire embaucher pour le mois de juillet dans un supermarché comme rolleur. Devant nos regards amusés, il déclare :
— Mon cousin va m'en prêter et il va m'entraîner. On commence dimanche, d'ailleurs.
— Mais tu sais déjà en faire ? s'inquiète Philémon.
— Pas vraiment, mais ça ne doit pas être très compliqué, plein d'imbéciles y arrivent, alors, pourquoi pas moi ?
— Et on peut venir t'encourager... Ou appeler le SAMU si nécessaire ?
— C'est malin. Et toi, tu vas bosser ?
— Oui, au boulot de mon père dans une charcuterie industrielle. Je vais mettre des conserves de saucisses dans des cartons. Il paraît qu'on peut en manger gratuitement autant qu'on veut, mais crues bien sûr. Et notre amoureux transi, il va contempler sa belle tout l'été ?
— J'ai parlé avec Thomaso pour faire les marchés avec ses parents. J'attends une réponse avant la fin de la semaine.

10

Depuis quelques jours, Cassandre ne parle que de sa copine Cléa qui est absolument injoignable :
— C'est comme s'ils étaient partis en vacances, sauf que je sais qu'ils sont là et qu'ils refusent de répondre. Hier, j'ai croisé ses parents devant chez elle mais ils ont détourné la tête quand ils m'ont vue. Je vais y retourner ce soir, j'aurai peut-être plus de chance. Tu pourrais m'accompagner, je serais plus tranquille.
— Entendu.

Quand nous sortons de l'ascenseur, la porte d'entrée de l'appartement de notre amie s'ouvre et Cléa se faufile sur le palier. Elle chuchote :
— Ma mère dort et il ne faut pas la réveiller.
— Nous commencions sérieusement à nous inquiéter pour toi, explique Cassandre.
— Merci.

– Qu'est-ce qui se passe ? demande ma copine avec douceur.

Cléa attire son amie contre elle et lui parle longuement à l'oreille. Je me sens soudain exclu. Cléa nous fait la bise et se glisse chez elle. Au visage sombre de Cassandre et à son regard soucieux, je réalise que la situation est très grave.

Elle attend que nous soyons sortis dans la rue pour m'expliquer :

– Quand tu sauras, tu devras garder ça pour toi. Il ne faut en aucun cas que la nouvelle se répande au lycée.

– J'ai compris.

Elle reprend sa respiration puis se lance :

– Voilà. Son oncle et sa cousine ont été arrêtés mercredi. Tiens-toi bien... Ils sont mis en cause dans la mort du notaire. Ils ont été dénoncés par une lettre anonyme.

Je suis tellement choqué par cette nouvelle que, pendant plusieurs minutes, je suis incapable de prononcer le moindre mot. Mon esprit peine à se concentrer. Cassandre me suit jusqu'à chez moi. Je sors de quoi goûter mais elle ne touche à rien. Elle me fixe, les yeux remplis de larmes, et demande d'une voix à peine audible :

– Erwan, qu'est-ce qu'on a fait ?

– C'est trop tard pour regretter.

– Mais qu'est-ce qu'on va faire maintenant ?

– Qu'est-ce que tu veux qu'on fasse ?

– Erwan ! Nous devons l'aider. C'est notre copine. Elle a besoin de nous. Tu ne comprends pas ? dit-elle en haussant le ton. Il faut qu'on répare nos conneries !

Comme je ne réponds pas, elle se lève, ramasse son sac et se dirige vers la sortie.

— Cassandre !

Elle rabat la porte sur elle sans me répondre. Je l'entends qui pleure sur le palier. Je tire le battant et la prends dans mes bras. Nous retournons dans ma chambre. Nous restons plus d'un quart d'heure assis, elle, parcourue de soubresauts, et moi qui essaie de trouver des arguments pour la réconforter :

— Il faut d'abord qu'on comprenne un peu mieux la situation. Je te propose de passer chez ma grand-mère pour voir ce qu'en ont relaté les journaux. Ce qui est certain, c'est que nos indications n'ont pas pu à elles seules faire emprisonner son oncle et sa cousine. La police doit posséder d'autres éléments. Ce que je te promets, c'est qu'on fera tout pour les sortir de là... s'ils sont innocents.

— Ils sont innocents, affirme Cassandre. Cléa en est certaine.

— Il faudra que dès lundi elle nous explique tout ce qu'elle sait.

Nous nous embrassons longuement. Ma copine se dirige vers la salle de bains pour « s'arranger un peu », selon son expression.

Ma grand-mère est ravie de la présence de Cassandre et elle s'active dans la cuisine pour nous préparer un bon goûter.

– Je me doutais que tu allais venir. J'en parlais ce matin même avec Guiguite. Je t'ai mis de côté les deux articles qui concernent l'affaire.

5 mai

Enfin du nouveau dans l'affaire Marideau

Grâce à un courrier anonyme, les policiers ont enfin une piste pour élucider le meurtre de maître Marideau, retrouvé mort étouffé à l'arrière de sa voiture sur l'île aux Chiens le 23 mars. Les enquêteurs ont reçu d'une source non identifiée les noms ainsi qu'une description physique assez précise de deux suspects. Il s'agirait de deux anciens clients du notaire au temps où il avait une charge à Loudon dans le Gers. À cette époque, une plainte avait été déposée par la mère du suspect principal pour faux en écriture et extorsion de fonds, mais l'absence de preuves matérielles avait provoqué un classement sans suite. Depuis cette affaire, d'après le témoignage de la secrétaire du notaire, ce dernier avait reçu des menaces de mort de la part du suspect. Les deux possibles meurtriers ont été conduits au commissariat en vue d'être interrogés. (Affaire à suivre.)

7 mai

Affaire Marideau : pas d'aveu mais des preuves qui s'accumulent

Les deux personnes suspectées du meurtre du notaire Marideau perpétré le 23 mars, Ludovic et Annabelle Weiss, ont été longuement interrogées. Elles reconnaissent avoir souvent rêvé de se venger de celui qu'elles présentent comme un odieux escroc ayant ruiné leur famille et causé la mort de leur aïeule mais elles nient toute implication dans ce crime et parlent d'une machination.

Les policiers ont pourtant établi que tous deux étaient présents en ville ce jour-là. De nombreux témoins les ont décrits au cours de la matinée à l'avant de la Mercedes bleue du notaire, celle que ce dernier avait déclarée volée deux jours auparavant et dans laquelle il a été retrouvé mort. Leurs empreintes ont d'ailleurs été prélevées sur deux portières et dans le véhicule. Ces éléments ont conduit le juge d'instruction du tribunal de Melun à prononcer leur mise en examen.

Nous essayons de faire bonne figure chez ma grand-mère en dégustant les tartines de confiture maison à la mûre, même si le cœur n'y est pas. Mamie fait promettre à Cassandre de revenir bientôt et tout le monde s'embrasse.

– Qu'est-ce que tu en penses, Cassandre ?
– Ça ne va pas être facile... Je ne sais même pas par où on peut commencer.
– Il faut reprendre les copies, interroger ou réinterroger tout le monde, la vérité se trouve bien quelque part.
– Je t'aime aussi pour ton optimisme. Il faut que je me dépêche de rentrer, il commence à être tard. Et je n'ai pas envie de mettre mes parents dans la confidence. Mon père pourrait m'interdire de fréquenter Cléa.
– Tu es libre demain ?
– Une réunion familiale au nord de Paris. Une corvée qui me privera de ta présence. À lundi.

Je partage équitablement mon dimanche entre les révisions, j'ai l'impression de tout connaître par cœur maintenant, et une sortie clandestine avec Philémon pour observer en douce les exploits de Milan en rollers. Le début est, il est vrai, assez hilarant et notre ami a plusieurs occasions de vérifier l'efficacité de ses protections. Il lui en manque pourtant une au niveau du postérieur. Mais l'après-midi avançant, nous constatons que Milan fait de vrais progrès. Notre copain ne tarde pas à piger les appuis, l'équilibre et même le freinage. Il ne faudra pas beaucoup de séances pour qu'il fasse illusion au milieu des hôtesses de caisse. Nous sortons de notre cachette au moment où il enlève ses chaussures à roulettes.

– J'en étais sûr ! Je te l'avais dit, Jim : mes deux imbéciles de copains vont venir voir si je tombe !

– C'est vrai que nous sommes un peu déçus, déclare Philémon, car depuis une heure tu n'es plus vraiment drôle. Pour nous remettre de nos émotions, je vous invite tous à venir déguster des choux à la crème que ma mère a eu la gentillesse de confectionner ce matin dès l'aube à notre intention.

– Oh, la sainte femme ! Qu'elle soit bénie ! crie Milan.

– Amen, répond le chœur des goinfres.

– Jim, tu es le bienvenu, lance Philémon.

À son regard perplexe, je comprends qu'il va refuser. Et en effet :

– J'ai un peu de boulot pour demain et je ne suis pas fana de pâtisseries…

– Oh ! mon pauvre, s'apitoie Philémon. Que ta vie doit être triste ! Allons-y, messieurs, le devoir nous attend. À la prochaine, Jim.

– Au fond, il est bien, ton cousin, dis-je, il en restera plus pour nous.

– En effet, reprend Philémon, j'ai craint un instant qu'il n'accepte l'invitation.

– Arrêtez avec mon cousin, intervient gentiment Milan. Il est très sympa.

– Nous n'avons pas dit le contraire.

Le lundi de la reprise des cours, Cléa accapare Cassandre toute la journée. Je fais comme si c'était normal. À la sortie, ma copine s'invite à la maison.

– Tu m'as manqué, Erwan.

– Toi aussi.
– J'ai plein de trucs à te raconter. Elle m'a tout expliqué. Tout ce que nous avons lu dans les journaux est vrai. Il y a une dizaine d'années, la grand-mère de Cléa a été victime d'une escroquerie montée par le notaire. Elle a été ruinée, est devenue dépressive et s'est sans doute suicidée pour ça. En tout cas d'après les dires de l'oncle. Depuis qu'ils ont été déboutés par la justice, Ludovic Weiss et sa fille Annabelle n'ont pas lâché le notaire. Partout où il a déménagé, ils lui ont envoyé des courriers ou ils lui ont téléphoné pour se rappeler à son bon souvenir. Or il se trouve que, depuis quelques mois, sous l'influence de la nouvelle compagne de l'oncle de Cléa, ils avaient décidé d'accepter un arrangement financier proposé par le notaire. Cela ne leur ramènerait pas la grand-mère morte, mais cela solderait l'affaire, le notaire reconnaissant implicitement ses fautes et les dédommageant en partie pour le préjudice. La transaction ressemblait, à leurs yeux, un peu à une trahison, mais ils ne voyaient pas d'autre solution pour en finir avec cette histoire. Figure-toi qu'une femme se réclamant de maître Marideau avait donné rendez-vous à Annabelle et Ludovic le matin du crime, à elle, dans un café du centre-ville, et à lui, sur un parking de supermarché. Ensuite, le jour même, leur mystérieuse correspondante les a appelés au téléphone pour leur indiquer un parcours à suivre. Ils se sont retrouvés finalement, en suivant des chemins différents, devant la Mercedes bleue du notaire sur l'île aux Chiens. La femme leur avait précisé qu'ils trouveraient l'enveloppe avec l'argent dans l'habitacle.

À peine avaient-ils ouvert la voiture qu'ils ont découvert un cadavre allongé sur la banquette arrière. Ils ont flairé le piège et sont repartis à Loudon, persuadés que personne ne les avait vus. Cléa comprend pour les empreintes mais elle ne s'explique pas comment ils auraient pu être repérés plus tôt dans la matinée dans la voiture du notaire alors qu'ils ne sont jamais montés à l'intérieur.

— Quelqu'un aurait voulu les faire accuser du meurtre ? Mais qui ? Pas le notaire puisqu'il est mort, mais quelqu'un qui aurait prétendu agir pour le compte de maître Marideau ? Que c'est compliqué ! On n'est pas sortis de l'auberge.

— Tu l'as dit.

— Et Rudy ? Il est impliqué. Il doit savoir des choses qui pourraient aider la famille de Cléa.

— D'après l'avocat d'Annabelle, il dit avoir été recruté au téléphone par une femme qui lui a d'abord fait parvenir 2 000 euros en lui indiquant une poubelle dans un parc, procédure qu'elle utilisera aussi pour la livraison du solde. La première fois, il est arrivé en avance sur les lieux et il pense qu'il l'a aperçue mais de loin, et il a été incapable de disculper la cousine de Cléa. Il a expliqué que sa mission était d'étouffer un homme en costume clair et de le transporter jusqu'à la banquette arrière d'une Mercedes. Il a opéré son forfait vers 8 h 45. L'homme n'a pas opposé de résistance. La porte arrière était ouverte. Il n'a rencontré aucune difficulté pour cette mission qui ne lui a pris que quelques minutes.

— Et on sait pourquoi il s'est fait prendre si facilement ?

– Il a dit qu'on aurait dû lui remettre aussi des faux papiers pour qu'il puisse disparaître en Amérique du Sud. Il était resté en ville en pensant qu'il serait contacté par la suite. Bien, comment on s'y prend ?

– Il faut qu'on se partage les copies, qu'on les relise dans le détail et qu'on note tout ce qui pourrait clocher. Ensuite, on interroge leurs auteurs.

– Je serais capable de les réciter par cœur, ces textes, déclare Cassandre, découragée, je ne vois pas ce que je pourrais encore y trouver.

– Trouvons des yeux nouveaux pour nous aider. Cléa, déjà, parce qu'elle connaît Annabelle et Ludovic. Et puis...

– Elle ne veut mettre personne dans la confidence. Sa mère a gardé son nom de jeune fille. À la longue, elle craint que quelqu'un puisse faire le rapprochement.

– Nous avons absolument besoin que quelqu'un pose un regard neuf sur cette affaire. Il faut juste choisir des personnes de confiance. Tu m'as dit qu'elle avait des vues sur un gars de la classe, c'était qui ?

– Ton copain Jules, mais tu m'as raconté qu'il fumait des pétards et qu'il buvait aussi à l'occasion.

– Il a arrêté, et Jules est un excellent choix. Et le connaissant, je suis certain qu'il ne refusera pas. Je pense aussi à Apolline. Elle est vraiment intelligente, cultivée... brillante...

– Arrête ! Tu vas me rendre jalouse. Je vais en parler à Cléa. On fera le point demain. Et le bac qui approche à grands pas, on n'avait vraiment pas besoin de ça !

Elle attrape son sac pour partir puis, au moment de franchir le seuil, elle se tourne vers moi :
– Je suis sûre qu'ils sont innocents parce que...
– Tu as confiance en ta copine.
– Non. Hier, après notre discussion, je me suis forcée à raisonner logiquement et j'ai trouvé un élément capital qui montre que Cléa est de bonne foi. Grâce à quelle copie a-t-on pu faire le lien entre les occupants de la Mercedes bleue et le notaire allongé à l'arrière ?
– La copie de Cléa...
– Tout juste : *Voiture bleue / Cheveux roux – lunettes noires / Casquette et moustache / Dormeur gris – cravate rouge.* Alors, reprend-elle, soit ce n'étaient pas des membres de sa famille parce que, de toute évidence, elle les aurait reconnus. Soit c'en était bien, et elle n'aurait jamais risqué de les mettre en cause. C'est logique.
– Ça se tient. À demain.

Le lendemain matin, j'ai la surprise de découvrir Cassandre en bas de mon immeuble.
– Je commençais à me demander si je ne t'avais pas raté. Tu es en retard.
– Non, c'est correct comme horaire mais il ne faut pas qu'on s'arrête toutes les cinq minutes pour s'embrasser comme nous faisons des fois en rentrant.
– Aujourd'hui, je vais encore passer la journée avec Cléa. Ça la rassure et, petit à petit, elle me confie des détails en relation avec l'affaire. Cela m'aidera sûrement à faire

certains rapprochements. Sinon, je l'ai eue au téléphone, elle est d'accord pour que tu demandes de l'aide à Jules, elle est moins convaincue par Apolline, qu'elle trouve parfois hautaine. Mais elle a ajouté qu'elle avait confiance dans ton jugement et que tu pouvais donc la contacter aussi.
— Parfait. Je ne sais pas si je vais avoir du temps à consacrer aux cours.

J'entreprends Apolline pendant le cours de maths. Je sais qu'elle a renoncé à s'intéresser à cette matière depuis la classe de troisième. Elle est donc *a priori* très abordable. Je découvre bientôt qu'elle a un livre de philo sur les genoux. Je décide tout de même de l'interrompre. Elle me regarde dans les yeux, arrache une feuille de son bloc pour m'écrire.

Très cher,
Je déteste me faire surprendre en train de papoter.
De plus, je suis très occupée.
Alors, soyez gentil, mister : faites-moi un courrier.
A.

Très chère,
C'est une urgence.
J'ai besoin de tes lumières.
C'est pour l'affaire du notaire.
Un membre de la famille de Cléa
Est mis en cause injustement.
E.

Très cher,
Je vous accorde dix minutes,
Pendant mon déjeuner express
Sous les saules près du stade.
12 h 05 - 12 h 15.
A.

Si je fais part de cet échange aux filles, elles vont me dire de laisser tomber cette fille trop sûre d'elle. Je vais bien m'en garder et j'irai consulter l'oracle sous son arbre. J'espère qu'il sera inspiré.

Pendant le deuxième cours, je m'assois près de Jules, qui semble tout à fait ravi de ma présence. Il me prête une oreille attentive et discrète durant tout mon exposé. Je le vois noter des questions. Quand je termine, il me passe son cahier pour que j'y réponde. À la fin du cours, il me réclame les copies car il veut s'y mettre au plus vite.

— Pendant la pause-déjeuner, c'est possible ?
— Sans problème.
— Et c'est Cléa qui a tenu à ce que je vous aide ? Tu sais pourquoi ?
— Elle a su voir ton potentiel caché et puis je crois que tu lui plais. Enfin, je l'ai confortée dans son choix.
— Tu es vraiment un pote, toi ! J'ai un peu envie de l'impressionner, là ! Parce que je la trouve touchante, belle aussi.
— Amour réciproque : un vrai conte de fées, alors.

Assise en tailleur, sous les saules, Apolline déguste en solitaire une salade de graines germées avec des tomates et du boulgour. Elle s'interrompt pour m'inviter à lui résumer l'affaire. Je m'efforce d'être précis et complet.

— Actuellement, quelle est votre hypothèse ? demande-t-elle.

— Nous pensons que des gens voulaient supprimer le notaire et faire accuser des membres de la famille de Cléa à leur place.

— Stop. Ce raisonnement me semble bien compliqué. Les meurtriers auraient voulu faire d'« une pierre deux coups ». Ton histoire ressemble à un roman policier un peu trop sophistiqué. Rappelle-toi que la plupart des crimes sont commis par des imbéciles car le crime n'est pas un mode d'action rationnel. Je crois que la solution doit être plus simple.

Elle ouvre son livre, pose son marque-page dans l'herbe, me sourit et se plonge dans sa lecture. Finalement, je ne sais pas si Apolline va nous être d'une grande utilité.

En fin d'après-midi, je rejoins Cassandre sur un banc du square du Gros-Tilleul.

Je fais le point sur mon entrevue avec Jules.

— Je savais qu'il avait accepté. Ton copain est venu aborder Cléa à la fin du cours de grec. Ils se sont programmé une balade en ville dès ce soir pour explorer tous les lieux d'observation des élèves le jour du crime. Il est à fond dans l'enquête, lui ! Et la puissante Apolline ?

– Un peu déconcertante, je t'avouerai.
– Je m'en doutais.
– Demain après-midi, je propose qu'on fasse une réunion chez moi. Mon père, qui a trouvé un CDD de trois mois, ne risque pas de débarquer. Il faut prouver qu'il y avait bien deux couples identiques, un faux et un vrai, en ville ce matin-là. C'est Jules qui a les copies. Donc, ce soir, nous ne pourrons rien faire de plus.
– La mère de Cléa va photocopier les textes demain matin.
– Super-idée ! Au fait, tu as dit à ta copine que c'était nous qui avions envoyé la lettre anonyme ?
– Oui, au début, elle n'a eu aucune réaction, comme si elle s'en doutait. Puis après un court silence, elle a fait ce commentaire : « Vous ne pouviez pas savoir. Et moi non plus d'ailleurs. »

11

 Assis autour de la table dans la salle à manger, nous avons tous notre dossier, comme pour une réunion dans une entreprise. Je commence :
– Nous sommes là pour tenter de disculper l'oncle et la cousine de Cléa. L'idée, c'est que, avec quatre points de vue différents, on a des chances de laisser passer moins d'indices. Cassandre, avec ton écriture élégante, pourrais-tu prendre des notes ?
– Comme par hasard, c'est une fille qui joue le rôle de la secrétaire et un mec qui dirige le débat, fait remarquer ma copine.
– OK, je me tais, dis-je, un peu vexé.
– Erwan, je plaisante, continue, me lance Cassandre avec un irrésistible sourire.
– Je pense qu'il faut reconstituer le parcours d'Annabelle pour montrer que des gens l'ont remarquée en ville mais pas dans la Mercedes, où une autre jouait son rôle. Cléa, tu peux

nous parler de ta cousine, car nous, hormis son âge et la couleur de ses cheveux, on ne sait rien d'elle...

— Annabelle est une très jolie fille, le genre qui fait qu'on la regarde passer. Elle est fine mais surtout elle est très élégante. Elle a une démarche souple qui capte le regard. Sur les photos de famille, on ne voit qu'elle. Pourtant, c'est une fille d'une grande simplicité et d'un grand naturel.

— Je l'ai croisée quand elle se rendait sur l'île aux Chiens. C'est vrai qu'elle est belle. Et c'est donc elle également, commente Jules, que décrit Steven, marchant dans la rue Du-Guesclin. J'ai la copie sous les yeux :

La trentaine radieuse. Une rousse incendiaire avec des yeux que j'imagine trop beaux pour les exposer au monde. Des jambes fuselées et une démarche de mannequin, un peu rapide tout de même. Une robe bleu marine trop sage à mon goût et des bottes noires qui montent au-dessus des genoux. C'est la grâce incarnée. On la suivrait jusqu'au bout du monde.

Elle me rappelle Sylvia que j'ai bien connue en sixième. Elle a la même bouche boudeuse et des cheveux doux comme la soie ou le velours.

17/20. Ensemble excellent.

— Oui, c'est elle. Même s'il avait oublié de préciser qu'elle était rousse, je l'aurais reconnue.

— Je pense, avance Cassandre, qu'elle se dirigeait vers la rue Jeanne-d'Arc où j'étais, d'ailleurs, mais, prise dans mon comptage, je n'ai remarqué personne en particulier. Nous la retrouvons discutant avec Maréva. Je lis :

Je suis venue pardonner un acte... impardonnable. Je me dégoûte et pourtant je sens au fond de moi qu'il n'y a pas d'autre solution et qu'il faut que je le fasse.
[...] Parce qu'un jour il faut se décider à tourner la page, même si ça fait mal, même si j'en ai honte.

– Maréva, dis-je, ne la décrit pas puisqu'elle joue l'aveugle mais elle parle de son parfum qui est le même que celui de sa mère et qui s'appelle *Frissons du soir*, je lui ai posé la question. Il faudrait qu'on vérifie avec ta cousine si c'est bien celui-là qu'elle portait le matin du crime. Il est essentiel d'accumuler ce genre de détails qui auront peut-être une importance pour la suite. Cléa, tu as dit qu'Annabelle avait attendu les instructions au téléphone d'une femme se réclamant du notaire dans un café du centre. Serait-il possible que ce soit le même que celui où Milan se tapait deux portions d'apfelstrudel avec un chocolat viennois ? Vous connaissez le chocolat viennois ? C'est un pur délice : la crème fouettée froide est jetée sur le liquide brûlant au moment de servir, c'est une...

– Erwan ! me coupe Cassandre, on reste concentrés, là, c'est important.

– C'est vrai, excusez-moi.

– Milan, c'est le texte sur les animaux au point d'eau ? questionne Jules.

– C'est ça. Écoutez et jugez vous-mêmes :

Une jeune lionne gracieuse remue sa crinière. Elle n'a plus soif mais ne se décide pas à s'éloigner du troupeau. Un long cri la fait sursauter. Son oreille capte des sons venus de très loin. Elle déplie son grand corps et s'en va sans un regard.

– C'est possible, dit Cléa. Le cri serait la sonnerie du portable qu'elle porte à son oreille pour écouter *des sons venus de très loin.*

– Tu pourrais nous fournir une photo d'elle, on la montrerait aux élèves ?

– Sans problème.

– Ensuite, dit Jules, j'ai pensé à Morad et à la femme qui se cache derrière des lunettes :

<u>*Qui est cette femme aux lunettes noires ?*</u>
[...] Que cachent ses lunettes de soleil ?
Des yeux qui tuent ?
Des larmes de tristesse ?
Des traces de coups ?
Je ne sais pas. Cette femme est un mystère.

– On peut éliminer cette hypothèse. Morad m'a assuré avoir inventé cette femme pour terminer son poème.

– OK. Cléa, à ce propos, ta cousine t'a expliqué pourquoi elle portait des lunettes de soleil ce jour-là alors que ce n'était pas nécessaire ?

– C'était dans les instructions du notaire.

– Pourquoi a-t-il demandé ça ? interroge Jules.

– Je crois, explique Cassandre, que c'est un détail qu'on remarque d'emblée. Si quelqu'un veut être repéré quand il n'y a pas de soleil, il met des lunettes teintées. Elles ne servent pas à se cacher, bien au contraire. Les stars oubliées font ça dans la rue pour se sentir exister. Je crois qu'il a voulu que les passants ne puissent dire que : « Nous avons vu une rousse à la silhouette mince avec des lunettes de soleil. » Personne n'a pris le temps de la détailler plus. À nous de le faire. Annabelle, d'après Steven, avait une robe bleu marine et des bottes noires.

— Je confirme, dit Jules.

— Et pour l'autre, qu'est-ce qu'on a ? reprend Cassandre.

— Clémence a parlé d'une robe verte et de ballerines noires, dis-je, les autres témoins ne l'ont vue qu'à l'intérieur de la voiture et les descriptions d'elle se polarisent sur ses lunettes et ses cheveux. Peut-être que Paco a remarqué de quelle façon elle était habillée lorsqu'elle est sortie de la Mercedes pour inspecter les éventuels dégâts lors de l'accrochage quai de la Résistance. Je me le ferai confirmer demain.

— Moi, dit Cléa, je voudrais qu'on revienne sur le texte de Flavia. Je lis le passage : *Couple déjà bien mûr rentrant d'une folle soirée costumée sur le thème des années 1970, avec un copain bourré à l'arrière. Ceux-là semblent bien s'amuser dans leur petite existence.* Elle évoque clairement des déguisements. Est-ce qu'elle aurait vu la femme réajuster sa perruque ou le gars recoller sa moustache... ? La moustache, c'était à la mode dans ces années-là ? Non ?

— Bien vu ! Ce témoignage, s'il ne relève pas de la seule impression, peut s'avérer capital, s'enthousiasme Jules.

— Le copain bourré à l'arrière ! Le copain bourré à l'arrière ! répète Cassandre. C'est bien entendu le notaire vautré sur la banquette ! À la première lecture, je l'avais laissé passer.

– Moi aussi, suis-je obligé de reconnaître. C'est vrai que ça pourrait coller. Attendons quand même avant de nous emballer. Les personnages ne sont absolument pas décrits ; hormis une indication à propos de leur âge, elle n'évoque ni moustache ni femme rousse. Qui se renseignera auprès de Flavia demain ?

– Moi, dit Cassandre, songeuse, puis elle ajoute : Il devient clair que les deux méchants exhibaient carrément le cadavre. Dès que l'homme a rejoint sa complice dans la voiture, ils ont retiré la couverture pour qu'il soit visible. C'était une véritable mise en scène.

– Nous devons maintenant nous focaliser sur ce qui s'est passé sur l'île une fois la voiture garée. Les meurtriers sont repartis à pied.

– Quand je pense que Julie aurait pu tout expliquer si elle s'était pointée sur l'île ce jour-là ! fait remarquer Cléa. Bon, passons. D'après le plan, s'ils ont pris le quai de la Paix vers l'ouest, ils sont tombés sur Aldéric, dont le dessin est peu éclairant... Ça se dit, « éclairant » ?

– Nous t'avons comprise, assure Jules. Je décris : deux hommes de profil (peut-être le même deux fois) sous une porte bizarrement griffonnée. Je me ferai éclairer ma lanterne demain.

– Je continue, annonce Cléa. S'ils ont pris la direction opposée, Sophie les aura vus passer, à moins qu'elle n'ait été trop captivée par les petites bébêtes. Je lui parlerai donc. S'ils avaient rebroussé chemin par le pont de Valmy, c'est moi qui les aurais vus.

Après un silence, je demande :

— On a fait le tour ? Moi, j'ai juste une question pour Cléa : Est-ce que tu sais si ton oncle portait une casquette de cuir ce matin-là, comme son imitateur ?

— Mon oncle est chauve et il protège toujours son crâne. Ces derniers temps, en général, il portait un béret basque mais il possède une casquette en cuir qu'il ne met plus depuis longtemps. Les policiers n'ont eu aucun mal à la trouver chez lui.

— Et qui pouvait leur en vouloir au point de les faire accuser ? interroge Jules.

— Ludovic a beau se creuser la tête depuis une semaine, il ne voit pas. Hormis le notaire, mais il est mort.

— On arrête là pour aujourd'hui ? propose Cassandre. J'ai fait un gâteau au chocolat. Erwan, on s'installe dans la cuisine ?

— On peut se mettre dans les fauteuils et le canapé, mais ne laissez pas de miettes, sinon je vais entendre ma mère.

Je remarque la position qu'ont prise Jules et Cléa, côte à côte, le bras de mon pote passé derrière la tête de sa conquête. Je vois qu'ils n'ont pas perdu de temps. C'est la première fois que je joue les entremetteurs mais cette relation me plaît. Cassandre me chuchote dans l'oreille :

— Ils ne sont pas mignons tous les deux !

Le lendemain, chacun s'attelle à sa mission et nous nous donnons rendez-vous au square du Gros-Tilleul pour un premier bilan.

Assis sur le dossier du banc, j'ouvre le feu en rapportant les propos de Paco, moins précis que la fois précédente :

« – Je n'ai pas vraiment fait attention à sa tenue. Elle était habillée normalement, quoi, avec une robe et des chaussures.

– Des chaussures, pas des bottes ?

– Non, je ne crois pas. Mais, tu sais, ça s'est passé très vite... Par contre, je me suis souvenu d'autre chose : l'homme portait des gants. »

Flavia, explique Cassandre, est persuadée que la femme portait une perruque car elle l'a vue faire un geste bizarre quand elle réajustait ses lunettes de soleil, comme si une branche s'était prise entre les vrais cheveux et les faux. Elle est moins sûre pour le gars mais la moustache très dessinée lui a semblé factice. Elle en a souvent vu parce que, dans sa famille, ils organisent régulièrement des fêtes déguisées et ses petits cousins adorent jouer les adultes en se grimant et en se collant divers postiches. Elle a été catégorique quand ma copine lui a montré une photo d'Annabelle : ce n'est pas elle qu'elle a vue, l'autre était plus vieille, « une bonne quarantaine », a-t-elle précisé.

Jules raconte la très longue explication fournie par Aldéric à propos de son dessin. Il a même pris des notes et nous comprenons vite pourquoi :

– Je lis, annonce-t-il : « Il s'agit de deux hommes assez vieux qui se croisent, s'observent et se rapprochent jusqu'à presque se coller pour n'en former qu'un, un autre. C'est comme deux parties d'un même individu qui se retrouvent enfin et fusionnent, même si une fracture sombre persistera toujours. » Je lui ai alors demandé s'il avait rencontré ce matin-là un moustachu comme celui du dessin, qui l'aurait un peu inspiré, je pensais bien sûr à Ludovic ou à son imitateur car il était posté près de l'île aux chiens et il aurait dû ou pu l'apercevoir. Il a rigolé comme si j'avais sorti une énorme connerie : « Ce n'est pas du tout réaliste, mon vieux, a-t-il lancé, on est dans le symbolique, là ! » J'ai continué sur mon idée en l'interrogeant sur la curieuse porte en fourrure qui entoure le personnage et qui ressemble à une moustache. Et là, je suis obligé de reprendre mon papier : « C'est une moust'arche ! Une arche qui matérialise une étape à franchir pour atteindre la vérité de l'âme et, si elle est poilue, c'est parce que je la voulais vivante, envahissante. La moustache, pour moi, est un symbole paradoxal et puissant : démodée et pourtant d'avant-garde, douce et piquante. Tu vois que je n'avais pas fait n'importe quoi. Mais, a tenu à conclure Aldéric, madame Darlène est passée complètement à côté de mon travail, cette femme est trop dans la réalité, c'est une petite ménagère. »

– Je ne sais pas ce qu'il prend comme substance, mais il est complètement barré, déclare Cassandre en riant.

– Tu l'as dit ! ajoute Jules, et je peux t'assurer que c'était dur pour moi de garder mon sérieux.

– Oui, je comprends, confirme Cléa, qui essuie ses larmes de rire avant d'enchaîner : Moi, quand j'ai demandé à Sophie si elle avait croisé une personne marquante durant la matinée, elle a tout de suite évoqué la « femme au scalp ».

Quand elle était accroupie, penchée sur sa fourmilière et fascinée par l'activité des insectes, quelqu'un derrière elle, qu'elle n'avait pas entendu venir, lui a demandé d'une voix mielleuse : « Vous avez perdu quelque chose, mademoiselle ? » Sophie a sursauté et s'est retournée sans se lever. Ses yeux étaient juste à la hauteur du sac de la dame. Et là, elle a vu une mèche de cheveux roux qui dépassait. Notre camarade a bredouillé : « Non, non, merci, madame », et l'autre a repris son chemin. Une petite brune d'une quarantaine d'années.

– Celle qui téléphonait près de mon poste d'observation ! s'exclame Jules.

– Ah oui ! je me souviens, dit Cassandre :

Une
Femme tel un faune
Grimaçant, bouche tordue
Par une joie mauvaise

Une
Infâme téléphone
Insultant, exhalant l'haleine
De la haine

Une
Affamée t'informe
Que la vengeance est accomplie
Que l'heure du festin est venue [...].

– Ça me fait tout drôle que quelqu'un lise mon texte à haute voix.
– Mais qu'est-ce qui t'a inspiré ce poème ? Elle était tellement affreuse, cette femme ? questionne Cléa.
– Non, mais, je ne sais comment dire, son visage... respirait la haine.
– Bien, dis-je pour conclure, tous ces éléments prouvent qu'il y avait bien sur les lieux du crime des gens qui voulaient se faire passer pour l'oncle et la cousine de Cléa. Il faudrait en établir une liste précise. Ce rapport devrait être en mesure de faire douter les enquêteurs et peut-être de permettre la remise en liberté des accusés. On a vu que notre précédent envoi avait eu un impact sur l'enquête.
– Je ne suis pas certaine, objecte Cléa, que, maintenant qu'ils pensent avoir trouvé les coupables, les policiers vont s'intéresser aux résultats de nos recherches. Par contre, je pourrais transmettre ces observations aux avocats de Ludovic et Annabelle, qui seront écoutés avec plus d'attention qu'une bande d'ados.
– De toute façon, insiste Jules avec force, on ne lâche pas l'affaire tant qu'on n'a pas élucidé le mystère.
Pour toute réponse, Cléa le serre tendrement dans ses bras.

Ce matin, pendant le cours d'histoire, je relis les observations rédigées par Cassandre que Cléa transmettra aux avocats :

Annabelle Weiss a été vue au café à l'angle de l'avenue du Maréchal-Leclerc et de la rue Du-Guesclin. Elle en est sortie suite à un coup de téléphone *(témoin 1)* et a pris la rue Du-Guesclin *(témoin 2)*.

Elle a discuté sur un banc avec une jeune fille rue Jeanne-d'Arc *(témoin 3)*. Elle a ensuite été repérée sur le pont Clemenceau, allant en direction de l'île aux Chiens *(témoin 4)*.

Les témoins 2 et 4 ont décrit sa tenue, elle portait une robe bleu marine et de hautes bottes noires.

<u>Ludovic Weiss</u>, ce jour-là, selon ses dires, portait un béret et non une casquette en cuir.

<u>Deux autres individus</u> circulaient au même moment :

<u>Un homme</u> d'une cinquantaine d'années aux cheveux gris, portant une casquette en cuir, une moustache postiche et des gants pour conduire *(témoins 6 et 7)*.

<u>Une femme</u> d'une quarantaine d'années portant une perruque rousse *(témoins 6, 7 et 9)*.

Ces deux individus ont délibérément provoqué un accrochage dans le but d'être vus dans la voiture du notaire *(témoin 7)*.

La femme a été ensuite aperçue quittant l'île aux Chiens avec sa perruque dans son sac *(témoin 8)*. Elle est brune et porte des cheveux courts *(témoins 8 et 4)*. Ce jour-là, elle portait des ballerines noires et une robe verte *(témoins 7 et 9)*.

1. Comment expliquer les comportements des deux inconnus autrement que par une mise en scène visant à faire inculper Annabelle et Ludovic Weiss ?

2. Comment expliquer qu'on ait trouvé les empreintes de Ludovic dans l'habitacle et sur la portière, mais aucune sur le volant ?

– Tu es vraiment géniale, Cassandre ! C'est net, précis, pertinent. C'est du travail de pro.

– On doit bien ça à Cléa et à sa famille.

Sur le chemin du stade d'athlétisme, je mets Apolline au courant de nos dernières trouvailles. Elle reste muette presque une minute, les yeux mi-clos. Soit elle ne m'a pas écouté, soit elle est en pleine réflexion. Elle grimace avant de déclarer :

– Le puzzle n'est pas complet. J'ai le sentiment qu'il manque un élément qui nous permettrait de comprendre. Il faut chercher un fait en apparence extérieur à cette affaire, peut-être dans les journaux des jours qui ont suivi le crime.

Mes copains nous rejoignent. Pour une fois, je ne suis pas la cible de leurs plaisanteries.

– Apolline est parmi nous ? Quelle surprise ! commence Milan.

– Et que nous vaut cet honneur ? renchérit Philémon. Tu vas vraiment participer au cours de sport aujourd'hui ?

Tu sais que ce n'est pas un cours théorique, qu'il arrive même aux élèves de transpirer un peu ?

Apolline sourit, nullement gênée par les critiques. Elle attend que mes copains lui laissent le loisir de répliquer :

– Figurez-vous que mon médecin de famille m'a trahie. Il a refusé de prolonger la dispense qu'il m'accordait par complaisance depuis de nombreux mois. Je ne sais comment cette curieuse idée a jailli dans son cerveau mais Monsieur a décidé que je devais maintenant « me remuer », « dépenser mon énergie »... et je ne sais plus quelle autre expression idiote il a encore employée. Je ne vous cache pas que je vais aller expliquer de ce pas au prof que je suis aujourd'hui seulement en repérage, juste pour me familiariser avec l'idée de m'agiter inutilement.

– Et pourquoi tu ne sèches pas ?

– Je dois garder un livret scolaire irréprochable pour m'inscrire en prépa.

– Ce n'est pas encore aujourd'hui qu'on te verra en short, alors ? interroge Milan.

– Hé non.

– Dis, mon Erwan, tu te rappelles que c'est toi qui régales demain ? continue mon ami.

– Comment pourrais-je oublier ?

Dimanche après-midi, je retrouve Cassandre, Cléa et Jules au bord du fleuve. Après les accolades et embrassades d'usage, les deux couples se forment et nous partons vers l'est en suivant la piste cyclable.

– Ça n'a pas marché avec les avocats, m'annonce Cassandre. Cléa n'est même pas sûre qu'ils transmettent notre message à la police.

– Pourquoi ?

– Parce que les témoignages émanent de relations amicales d'un membre de la famille des accusés et sont donc forcément sujets à caution, que ce ne sont pas des preuves irréfutables, etc. Les parents de Cléa ont quand même insisté pour qu'ils les communiquent à la police. De notre côté, je ne sais pas ce qu'on peut faire de plus. Les copies ont donné tout ce qu'elles contenaient.

Je me retourne pour contempler notre amie qui semble très abattue. Mon copain ne sait quoi dire et se contente de la serrer contre lui. Je raconte à Cassandre ce que m'a suggéré Apolline.

– Pourquoi pas ? dit-elle. Ça nous occupera. Il faudrait appeler Yasmine pour qu'elle nous présente son oncle et sa collection de journaux.

12

★ Six jours plus tard, dans un salon éclairé au néon, sur des chaises recouvertes de housses transparentes, nous épluchons avec soin les pages de faits divers relatés dans le journal local durant les quinze jours qui ont suivi le crime. Yasmine « nous surveille », selon les mots de son oncle, pendant que lui joue à la belote avec des amis dans un café. En fait, elle révise dans un fauteuil. Pour plus de sûreté, nous nous passons les articles. Chacun prend des notes. Après une heure et demie d'étude dans un silence à peine troublé par le bruit du plastique qui se froisse lorsque nous bougeons, nous échangeons nos découvertes. Cléa nous lit sa feuille :

– Le 24 mars, plusieurs départs de feux dans les poubelles de restaurants du centre-ville (incendies volontaires).

Le 27 mars, le radar implanté à la sortie nord de la ville a été rendu inutilisable suite à un acte de vandalisme.

Le 31 mars, deux mineurs arrêtés pour trafic de stupéfiants.

Le 2 avril, signalement de la disparition d'un SDF par un cafetier de la rue des Prés.

Le 7 avril, plusieurs comptes de particuliers et d'entreprises de la région victimes de piratages informatiques.

Le 9 avril, arrestation d'un conducteur en état d'ivresse et sans permis dans le quartier des Glycines.

Pour tout vous dire, je ne suis pas persuadée qu'on ne soit pas en train de perdre notre temps et celui de Yasmine.

– Pas de problème pour moi, précise notre hôte, que je travaille ici ou chez moi, c'est pareil.

– Moi, j'ai retenu les mêmes informations que toi, Cléa, annonce Jules, plus, le 28 mars, un garage tagué boulevard de la Libération. *A priori*, pas de rapport, mais c'est à côté du lieu du crime.

– OK, dit Cassandre, alors on garde quoi ?

– Je suggère qu'on mette de côté les délits routiers, les stupéfiants et tout ce qui est situé à l'écart du centre-ville. Donc, renseignons-nous en priorité sur :

1. Les feux de poubelles parce qu'ils peuvent avoir été déclenchés pour brûler des indices ou des preuves.

2. Les piratages informatiques. L'article raconte que d'importantes sommes d'argent ont été aspirées.

– Et alors ? demande Jules.

– On pourrait juste vérifier que ça n'a pas touché l'étude du notaire.

– Je ne suis pas sûr qu'on puisse avoir le renseignement en allant leur poser la question directement, fait remarquer mon copain. C'est le genre d'infos susceptibles d'effrayer la clientèle.

– Essayons toujours.

– Ce sera sans doute inutile, mais j'ai envie qu'on s'intéresse au SDF, propose Cassandre. Pour tout dire, j'aimerais bien savoir s'il a été retrouvé.

Je remue sur ma chaise pour décoller mon tee-shirt qui colle au plastique et je déclare :

– On se répartit les sujets et on recopie l'intégralité des articles avant de partir.

– Je prendrais bien le piratage, annonce Jules, ça me donnera l'occasion d'aller faire un tour dans les locaux du notaire. Cléa, tu viendras avec moi ?

– Oui. Nous irons aussi lire les tags du boulevard.

– OK, nous prenons les feux de poubelles.

– Et le SDF, ajoute Cassandre.

Chacun s'applique à compléter sa page d'écriture sous l'œil amusé de Yasmine :

– C'est incroyable comme vous êtes sérieux ! lance-t-elle en souriant.

– Mais *c'est* sérieux, précise Jules d'un ton ferme.

– C'est vrai, excuse-moi, Cléa !

Cléa lui adresse un grand sourire amical pour qu'elle comprenne qu'elle ne lui en veut pas.

Je raccompagne Cassandre. Moralement, je me sens fragile parce que je commence à douter sérieusement qu'on puisse parvenir un jour à disculper Annabelle et Ludovic. Et puis l'examen est dans moins d'un mois... mais comment mettre la résolution de l'affaire du notaire assassiné entre parenthèses alors que des innocents sont en prison en partie à cause de nous ? J'en parle avec Cassandre qui partage le même sentiment :

— Il faut pourtant qu'on s'organise. Les deux prochains après-midi sont banalisés car les profs doivent travailler entre eux sur l'application de la nouvelle réforme. Essayons dès demain de nous débarrasser de notre enquête et concentrons-nous après sur les épreuves du bac. La vie continue.

— Et si on ne trouvait pas ?

— Il ne faut pas trop y penser, même si c'est une possibilité à envisager.

Ce matin, je vais mieux car j'ai bien dormi. J'ai envie de penser à mes vacances, à sortir un peu de notre coin. Peut-être partir à la montagne pour faire du camping sauvage avec Cassandre. « C'est beau d'avoir des rêves », dirait ma mère.

À la pause de 10 heures, je cherche Thomaso de terminale qui me confirme que son père a besoin de bras six fois par semaine de 5 heures à 8 heures pour décharger des cageots de légumes et de fruits, et de 12 heures à 14 heures pour remballer. Du 1er juillet au 15 août. Exactement ce que je voulais.

— À 25 euros la journée, avec du pourboire en plus si tu travailles bien.

Je retrouve Cassandre après la cantine et lui fais part de mes projets pour les vacances.

— Moi, mes parents ont prévu un séjour en famille à New York en juillet. Même si cette destination me fait rêver depuis des années, l'idée de passer toutes mes journées avec mon père me terrifie un peu. Je vois déjà le programme : musées, galeries, musées, galeries, avec interrogation chaque soir au dîner pour vérifier ce que nous avons retenu. J'ai dix-sept ans, il serait temps pour moi de décider de mes vacances.

— Tout à fait d'accord, Cassandre. Aussi je te propose un plan à deux : après le 15 août, nous pourrions partir faire du camping sauvage.

— Il faudrait au préalable que mes parents m'émancipent mais ce n'est pas dans leurs projets. Par contre, Cléa m'a fait une offre qui pourrait t'intéresser. Officiellement, nous ne serions que toutes les deux, chaperonnées par sa grand-mère, mais officieusement tu pourrais venir aussi. Nous pourrions installer notre petite tente d'amoureux dans le jardin...

— Le paradis, quoi !

— Sauf que ce projet, nous l'avions élaboré avant que sa cousine et son oncle ne se retrouvent en prison. Cléa n'en a pas reparlé. Je pense qu'elle a maintenant d'autres priorités que d'organiser ses vacances. Mais on ne sait jamais, si les choses s'arrangent...

– On en reparlera plus tard. Peut-être. Bien, revenons sur terre et dirigeons-nous directement vers la pizzeria du centre. Bernard, le serveur, est un copain de mon père, il nous donnera le nom des établissements dont les poubelles ont été brûlées.

Nous n'arrivons pas au meilleur moment car de nombreux clients sont encore attablés. Quand il me repère, Bernard se dirige directement vers nous :

– Ton père a un problème ? s'inquiète-t-il tout de suite.

– Non, tout va bien. Il a un boulot et il est en pleine forme. Non, c'est...

– Erwan, fais vite, comme tu vois, il y a du monde.

– Vous avez entendu parler de ces poubelles de restaurants qu'on a tenté d'incendier à la fin du mois de mars ?

– Oui, c'était vers la place de la Mairie. Si j'ai bien compris, c'est un ex-employé qui a voulu se venger de ses anciens patrons. Mais le temps que les pompiers arrivent, le feu s'était étendu aux poubelles d'autres établissements. Mon patron me fait des signes, faut que je te laisse.

– Merci, monsieur, mais s'il vous plaît, n'en parlez pas à mon père !

Il s'est éloigné sans me répondre et je ne suis pas certain qu'il m'ait entendu. Dans la rue, Cassandre déclare :

– Voilà une affaire rondement menée. Je crois qu'on peut abandonner cette piste.

– Oui, on enchaîne avec le SDF. Là, il faut espérer que nous serons bien reçus.

Nous entrons dans le café des Boulistes, rue des Prés, et nous nous installons à une table près du bar. Je compte sept clients, dont deux debout contre le comptoir qui discutent avec celui qui semble être le patron. Quand celui-ci nous aperçoit, il lance un amical :

– Et pour les tourtereaux, qu'est-ce que ce sera ?

– Un crème et un jus de pomme, s'il vous plaît.

Nous nous regardons en souriant. C'est Cassandre qui doit prendre la parole. L'homme arrive tranquillement avec notre commande. Son allure débonnaire nous rassure.

– Voilà, dit-il en posant les consommations. Vous voulez autre chose ?

– Nous voudrions vous parler du SDF dont vous avez signalé la disparition... Ou peut-être était-ce un de vos employés...

– Non, c'était moi. Je travaille seul ici. Celui que vous appelez le SDF se nomme Christophe.

– Vous avez eu de ses nouvelles ?

– Non, et tout le monde s'en fout. Vous êtes les premiers à vous intéresser à lui. Et je peux savoir pourquoi ?

– J'ai trouvé cette info dans un journal chez ma grand-mère, précise Cassandre d'une voix douce et, comme il n'était plus question de lui dans les numéros suivants, j'ai eu envie de... enfin, ça m'a touchée, cette histoire.

L'homme pose son plateau sur une table vide, tire une chaise et s'assoit à côté de moi. Il semble ne s'adresser qu'à ma copine :

— Je vais te raconter ce que je sais et si après tu as des idées pour qu'on comprenne ce qui lui est arrivé, je suis preneur. Le Christophe, il venait tous les matins et tous les soirs boire un petit café. Il m'a raconté très vite qu'il dormait dans sa voiture, qu'il était au chômage depuis un bon moment, qu'il avait été en couple, que sa compagne avait gardé l'appart' et la gamine tandis que lui n'avait eu le droit qu'à la bagnole. Je ne suis pas certain que j'aurais remarqué par moi-même sa situation parce qu'il était toujours propre et bien rasé. Il fréquentait les bains municipaux quotidiennement. Le matin, il épluchait les petites annonces, allait passer quelques coups de fil ou se présentait à des rendez-vous. Quand on s'est mieux connus, je lui ai proposé de garer sa voiture dans l'arrière-cour pour qu'elle soit à l'abri des vols ou des dégradations. On s'entendait bien et on se remontait le moral. Moi aussi je vis seul depuis quelques années. Quand je suis allé déclarer sa disparition à la police, ils ne m'ont pas pris au sérieux parce que je n'étais pas de sa famille et que c'est un adulte. Les flics n'ont pas compris qu'un homme n'abandonne pas derrière lui des souvenirs aussi importants que des albums de famille ! J'en ai trouvé un dans sa voiture au milieu de ses fringues. Merde ! Comment il aurait pu abandonner tout ça ? S'il avait eu dans l'idée de s'absenter, il m'aurait appelé.

— Est-ce que vous l'aviez trouvé bizarre les dernières fois où vous l'avez rencontré ?

— C'est des questions comme ça que les flics auraient dû me poser. Oui, depuis quelques jours, il semblait plus heureux. Il avait rencontré une femme qui lui avait donné de l'argent et des fringues de son mari qui était mort. Christophe s'emballait un peu. Il parlait de commencer une nouvelle vie. Elle lui avait même promis un emploi. Ils avaient des rendez-vous. J'avais essayé de le mettre en garde car on ne sait jamais ce que des inconnus peuvent avoir derrière la tête, mais il s'était emporté et m'avait traité de jaloux. Pour tout dire, on s'était un peu engueulés le dernier soir. Alors, les premiers jours après sa disparition, j'ai cru qu'il boudait mais j'ai quand même fini par m'inquiéter.

– Vous savez à quoi elle ressemblait, cette femme ?
– Je ne sais que ce qu'il m'en a dit : la quarantaine, assez sportive, une brune...

À la grimace que fait Cassandre, notre interlocuteur réagit :
– Ça vous évoque quelque chose ?
– Peut-être. Rien de sûr, mais on va chercher. Et je vous promets qu'on vous tiendra au courant. Merci beaucoup.
– C'est promis, les gosses ? Vous repasserez ? insiste-t-il en se levant pour aller servir un nouveau client au bar.

Nous finissons nos breuvages et sortons. Je commence :
– C'est la description de la femme qui t'a fait réagir ? Des brunes de quarante ans, il y en a plein les rues.
– Oui, bien sûr, mais on ne sait jamais.
– Nous ne sommes pas plus avancés. Allez, on fait comme on a dit : on oublie un peu l'affaire et on se remet aux révisions. On va chez moi ?
– Avec plaisir.

Pendant le reste de l'après-midi, nous jouons à passer l'examen en faisant des simulations de l'épreuve orale de français. Au départ, c'est assez sérieux mais assez vite cela dégénère et nous imitons les voix et les tics de nos profs. Nous trouvons de quoi goûter et j'accompagne Cassandre chez Cléa à qui elle a donné rendez-vous. En chemin, elle ne peut s'empêcher de se faire des reproches :
— Avec le gars du café, j'ai été nulle, il devait y avoir d'autres questions à poser, quand même !
— Peut-être. On n'est pas des pros. On improvise.

Le soir, j'annonce à mes parents mes intentions pour les grandes vacances.
— Cinq euros de l'heure, c'est de l'arnaque ! s'écrie mon frère après avoir avalé une bouchée de purée.
— Je ne sais pas si tu trouveras mieux, intervient mon père. À dix-sept ans, il n'y a pas beaucoup de possibilités. Moi, ce qui m'embête, c'est que, si tu te blesses en bossant, tu n'es pas couvert.
— Les parents de Thomaso sont sérieux. Si tu veux, je te les présenterai dimanche au marché, et puis je ferai attention.
— Entendu. Dans un sens, c'est bien que vous vous organisiez sans nous parce que mon contrat court jusqu'à la mi-septembre. Je profite qu'on aborde ce sujet pour vous annoncer que le patron m'a clairement fait comprendre qu'il pourrait être amené à me proposer un CDI dans la foulée.

– C'est une bonne nouvelle, se réjouit ma mère.
– J'espère qu'on ne te fera pas le coup de la dernière fois, où tu étais si déçu, ajoute gentiment mon frère, nous aussi d'ailleurs.
– On verra bien. D'ici là, ne pas vendre la peau de l'ours mais garder espoir.

Une heure après le repas, mon père m'apporte le téléphone, c'est Cassandre qui chuchote :
– Mes parents sont au cinéma et ma sœur vient enfin de s'endormir. J'ai préféré attendre parce qu'elle adore écouter les conversations et surtout les raconter en les déformant. J'avais deux nouvelles urgentes à te communiquer : l'affaire, d'abord. Cléa et Jules sont allés à l'étude du notaire où ils se sont présentés comme des lycéens enquêtant sur les métiers juridiques. La demoiselle blonde à l'accueil les a reçus très froidement en leur précisant que les employés ici avaient beaucoup de travail et ne pouvaient pas se rendre disponibles même sur rendez-vous pour satisfaire la curiosité de futurs étudiants. Quand Jules lui a demandé s'ils avaient eu leurs comptes bancaires piratés par des hackers, la jeune femme a changé de tête comme si nos amis avaient mis le doigt sur un point douloureux. Ensuite, ils ont été gentiment éconduits. Jules est persuadé qu'il faudra y retourner.
– Oui, c'est peut-être intéressant mais je ne suis pas convaincu. Et la deuxième nouvelle ?
– L'opinion de mes parents au sujet de notre relation semble évoluer dans le bon sens. Ma mère m'a convoquée dans la cuisine pour « me parler comme à une adulte ». J'ai

tout de suite craint qu'elle ne soit encore là pour me faire des reproches, surtout quand elle a dit qu'une voisine nous avait vus main dans la main au bord du fleuve dimanche. Mais pas du tout.

« Tes mensonges, a-t-elle déclaré, m'en ont rappelé d'autres. Ceux que je faisais moi-même à ton âge à mes parents qui ne me faisaient jamais confiance. Aujourd'hui, je me dis qu'ils voulaient bien faire et qu'ils avaient peur pour moi mais, à cause de cette attitude, je les ai quittés très jeune et pendant longtemps j'ai fait comme s'ils n'avaient jamais existé. Et ce n'est que depuis ta naissance que j'ai consenti à les revoir. Durant cette séparation, j'ai vécu des périodes terribles, où je me sentais abandonnée de tous, et je leur en veux encore aujourd'hui de ne pas m'avoir comprise à l'époque. Je ne veux pas que la même chose se reproduise avec toi. Je ne te cache pas que ton père, dans cette histoire, ne partage pas tout à fait mon point de vue, mais il évolue. »

Je l'ai embrassée et je me sentais fière d'elle. Elle en a profité pour me demander si j'étais confiante pour le bac. Je l'ai rassurée, elle était contente et a déclaré : « Tu sais que cela faisait quinze jours que tu n'avais pas aligné plus de deux mots de suite ? » « Je sais, j'ai dit, j'appliquais le service minimum. »

– Ils vont bientôt m'inviter à manger, alors ?

– Ne t'enflamme pas, Erwan. À mon avis, ce n'est pas pour tout de suite, mais d'ici quelques mois peut-être... En attendant, ils ont rétabli le forfait de mon portable.

Ce matin, je croise Apolline dans les couloirs.
– Je viens consulter, dis-je en souriant.
– Sans prendre rendez-vous et sans payer, la thérapie est vouée à l'échec, mister ! Enfin, si tu y tiens, vas-y.
Je lui raconte nos dernières pistes. Elle semble perplexe durant quelques secondes, avant de déclarer à voix basse :
– Pourtant, pourtant... un élément pourrait faire le lien : les fringues. Certains se déguisent, une autre offre des vêtements à un pauvre. Dans les deux cas, des gens utilisent des habits qui ne sont pas à eux. C'est une illumination que je viens d'avoir, une sorte de fulgurance. C'est le cerveau qui travaille et qui...
– Et on ferait quoi avec cette idée ?
– Là, maintenant, pratiquement ? Vous vous renseignez sur les vêtements du SDF, la taille, la couleur, le look, l'âge de celui qui les a portés avant. Au fait, quel âge il a, votre SDF ?
– Nous n'avons pas demandé. Et les comptes siphonnés par des hackers, tu crois qu'il faut creuser ?
– L'argent est souvent à l'origine des crimes, c'est une évidence.

Pour une fois, Cassandre fait preuve d'enthousiasme lorsque je lui rapporte les propos d'Apolline :
– C'est vrai qu'elle est brillante. Je sens qu'elle a mis le doigt sur... je ne sais pas trop quoi en fait... Là, je sens qu'on...

– Donc, si je comprends bien, on retourne au bar cet après-midi.

– Il a quarante-huit ans, nous sommes de la même année, affirme le patron. Il pouvait paraître plus vieux. Les soucis dans la vie, ça vous fait vieillir !
– Quel genre de vêtements avait-il récupérés par l'intermédiaire de la dame ?
– Des vêtements bien, surtout des costards. Certains faisaient même un peu chic.
– Des costumes clairs ?
– Oui, au moins pour deux d'entre eux. Je l'ai un peu chambré quand il a débarqué un soir comme ça. Et ça l'a vexé. Il m'a dit que ce n'était pas à moi qu'il voulait plaire. Alors, vous allez me retrouver mon copain Christophe ?
– C'est possible. On vous tiendra au courant.

Nous avalons nos boissons avant de ressortir dans la rue.
– C'était donc l'homme qu'avait décrit Fatou, dis-je, l'« homme au bouquet de violettes » qu'elle a croisé au café de la Cathédrale, avenue du Général-de-Gaulle, vers 8 heures et demie le matin du crime. Tu ne crois pas ?
– Si, certainement. Allons chez toi nous replonger dans les copies, propose Cassandre. Il faut que je vérifie un point.
Au ton grave qu'elle utilise, je pressens que nous sommes près du but. Je lui demande :
– Toi, tu viens d'avoir une idée, je me trompe ?

– Je préfère en être sûre avant de crier victoire. Attends, on m'appelle, c'est Cléa... Oui... Jules en est sûr ? On se retrouve tous chez Erwan pour le goûter, avec des viennoiseries, tu as raison, il faut fêter ça.

Elle reprend son souffle. Ses joues ont légèrement rougi. Au lieu de m'expliquer ce qu'elle sait, elle m'enlace un long moment et nous nous embrassons. C'est la méthode qu'elle a trouvée pour se calmer. Moi, ça ne me fait pas le même effet.

– Erwan, dit-elle enfin, Jules a retrouvé la femme, celle qui s'était déguisée le jour du meurtre.

13

Nos copains nous guettaient sur un banc devant l'immeuble. Quand ils nous aperçoivent, ils se mettent à sauter à pieds joints sur l'assise en hurlant comme le font des supporters excités. Trop énervés pour attendre l'ascenseur, nous nous ruons dans les escaliers. Je ne veux pas laisser Jules arriver en premier, alors j'accélère pour le doubler. Les filles adoptent très vite un rythme plus raisonnable et j'entends Cassandre qui commente :
– Ces mecs, c'est vraiment des gamins !
– Mais ils sont mignons, ajoute Cléa.

Attablés dans la cuisine, nous écoutons le récit de Cléa :
– Après le lycée, Jules a proposé que nous allions « planquer » devant les bureaux du notaire. Un banc au soleil implanté sur le trottoir d'en face nous offrait un poste d'observation parfait. Pour ne pas avoir l'air d'espionner, nous

jouions notre rôle préféré, celui des amoureux passionnés qui cachent leurs visages dans la chevelure de leur partenaire. Chacun son tour, nous devions fixer l'entrée de l'étude. Ce n'est pourtant pas de là qu'elles sont sorties mais d'une brasserie située non loin de notre position. J'ai d'abord reconnu la voix de la blondinette de l'accueil, qui nous avait virés la veille. L'autre femme qui marchait à ses côtés s'adressait à elle d'une voix autoritaire, comme si elle était sa patronne : « Allez m'acheter des cigarettes. » J'ai pincé doucement Jules pour qu'il les observe à son tour. L'une est partie sur la droite pour effectuer sa course, l'autre attendait de pouvoir traverser la chaussée sans avoir à courir. « Je crois que c'est elle, m'a murmuré mon chéri, celle qui imitait Annabelle. Il faut que j'en sois sûr ! » Et là, il m'a lâchée pour aller se planter devant elle et lui demander du feu.

– Elle m'en a donné, précise Jules, et j'en ai profité pour lui proposer une cigarette qu'elle a acceptée avec son sourire étrange qui m'avait marqué. Toutes deux sont ensuite rentrées dans leurs bureaux. Nous avons déjà fait la moitié du travail, il faut maintenant identifier l'homme.

– Je crois que c'est déjà fait, lance Cassandre, sûre de son effet. Puis elle commence à lire :

Je le vois. Il arrive, un gros cartable à la main. Il porte une cravate rouge. C'est peut-être à cause de ce détail-là qu'il a été choisi. L'homme vient de franchir la frontière invisible. Je compte à rebours depuis vingt-cinq.

C'est fait. Son corps, débarrassé de ses oripeaux d'habitant de zone tempérée, a été dématérialisé afin de gagner à

une vitesse supraluminique une base en orbite haute autour de la Terre, première étape de son dernier voyage. [...]
— C'est le texte de Philémon, commente Jules.
— Exact. C'est le moment où le notaire entre dans le passage de la Fraternité. Pendant quelques minutes, il sera invisible des passants de la rue Galilée et de Clémence qui attend du côté du boulevard. Il en profite pour changer de vêtements : *Son corps, débarrassé de ses oripeaux d'habitant de zone tempérée,* il se débarrasse de sa veste et de sa cravate, il sort une fine veste en cuir et une casquette de son cartable, et se colle une moustache. Clémence a vu la réaction amusée de la passagère quand elle a aperçu le visage de son complice. « Amusée », je crois que c'est le mot qu'elle a employé. Laissez-moi le temps de vérifier... Voilà, c'est là, je la cite : *La femme en le contemplant a semblé un instant amusée.* C'est donc le notaire qui a voulu faire croire à sa disparition. Il a été aidé par une de ses collaboratrices. Il a attiré ta cousine et ton oncle, les a conduits sur les lieux du crime avant la police, les a incités à laisser leurs empreintes dans la voiture sous prétexte d'y chercher une enveloppe.

Cassandre a les joues rosies par l'émotion. Elle se tourne vers moi :
— Tu pourrais appeler Philémon ? Je voudrais lui parler.
Nous laissons nos amis pour gagner le salon.
— Allô, Philémon ? Cassandre a une précision à te demander sur le texte que tu as rédigé le jour du crime.
— Elle veut connaître le secret de mon talent, dis-lui que c'est un mystère et...

— S'il te plaît, Philémon, essaie d'être sérieux cinq minutes, on va peut-être réussir à prouver que des innocents sont derrière les barreaux.
— Grâce à moi ? Je te l'avais dit...
— Phil, je t'en prie.
— OK, j'écoute.
— Bonjour Philémon, quand tu as écrit que l'homme était, je te cite, *débarrassé de ses oripeaux d'habitant de zone tempérée*, c'est parce que tu as remarqué un détail sur place ou parce que tu as imaginé qu'il devait être plus ou moins nu avant d'être enlevé... Enfin, je ne sais pas si je suis bien claire... Mais, tu comprends... Peut-être que, dans les romans de science-fiction, c'est une sorte de code du genre, d'évidence que les humains quittent la Terre sans leurs vêtements. Comment tu expliques que tu aies ajouté cette précision ?... Philémon ?

Cassandre est désarçonnée par le silence de mon ami. Elle l'interprète peut-être comme un jeu qui viserait à la laisser parler et à se moquer d'elle. Je la rassure d'un regard car je pense qu'il se concentre. L'incertitude dure encore de longs instants avant qu'il se décide à dire :

— Dans les romans ou les séries, les humains enlevés sont pris habillés, parfois au détour d'une route, parfois dans leur lit en pyjama. Les vêtements, les papiers, les objets personnels sont des indices qui intéressent les extraterrestres au même titre que des archéologues découvrant une civilisation inconnue jusqu'alors. L'humain ne se déshabille jamais avant de partir, ni ne se change car il est toujours surpris quand cela lui arrive. Donc, si j'ai écrit cette... bizarrerie, c'est qu'un élément dans le décor a influencé ma conscience... sans doute à mon insu. J'ai essayé de visualiser la scène et j'ai une image, mais ce n'est pas une certitude. Donc, méfie-toi, il s'agit peut-être d'un souvenir fabriqué *a posteriori*. Voilà : j'ai aperçu une sorte de ruban rouge qui sortait d'une des poubelles.

– La cravate du notaire ?

– La cravate du notaire, ça doit être ça. Tu peux me repasser Erwan, s'il te plaît ?

Cassandre a les joues rosies par l'émotion quand elle me tend le téléphone.

– Mon ami, quel moment intense ! Quelle émotion ! Elle est puissante, ta copine. Ça donne envie d'en avoir une, tiens, il faudrait que j'y pense... Tu passes, ce week-end ?

– Comme d'habitude.

Quand je rentre dans la cuisine, je vois que la discussion a repris. Cléa bombarde Cassandre de questions pour éprouver son hypothèse :

– Mais le mort, alors ?

– Une femme avait offert des vêtements à Christophe, le SDF, qui avait sensiblement le même âge que le notaire et sans doute la même corpulence. Elle le draguait un peu, lui disait qu'il était beau quand il portait les costumes clairs qu'elle lui avait procurés. Ce matin-là, elle lui a donné rendez-vous dans le passage mais c'est Rudy le tueur qui était là. Quand le notaire est arrivé à la voiture, le cadavre était déjà installé à l'arrière depuis peut-être une demi-heure. La suite, on la devine. Ils se font repérer, eux et l'homme en costume clair allongé à l'arrière. Ils glissent les papiers du notaire dans ses poches et ils disparaissent. Quand les policiers découvrent le cadavre, ils l'identifient d'abord grâce aux papiers d'identité, ensuite ils convoquent sa plus proche collaboratrice parce qu'on ne lui connaît aucune famille. Comme c'est sa complice, elle confirme qu'il s'agit bien du notaire.

– Mais tout ça pourquoi ?

– L'enquête le dira mais on peut penser que maître Marideau souhaitait disparaître pour échapper à diverses affaires qui lui collaient à la peau. L'argent peut être aussi un motif.

– Il est peut-être mêlé aux pillages des comptes bancaires, ajoute Jules, les notaires ont accès aux références bancaires de leurs clients, ils connaissent les sommes souvent importantes qui transitent sur ces comptes lors des transactions immobilières. Maître Marideau a peut-être ruiné ses gros clients.

Je me tourne vers Cléa qui cache son visage dans ses mains. Ses épaules sont secouées par des spasmes. Elle pleure. Jules la prend dans les bras. Nous sortons pour les laisser un moment seuls.

– J'espère qu'on va nous croire, s'inquiète Cassandre. Nous n'apportons aucune preuve matérielle... Et si nous nous trompions comme la première fois ?

– Arrêtons de douter, dis-je. Faisons un courrier précis, et si la police ne réagit pas dans les quinze jours, nous alerterons la presse. On va s'y mettre tout de suite.

Comme les premières fois, c'est Cassandre qui rédige et nous trouvons peu de modifications à suggérer. Elle insiste particulièrement sur la concomitance de la disparition de Christophe avec le meurtre supposé du notaire.
– Il faut appuyer sur toutes les zones de doute, précise-t-elle. Je suis certaine que, de leur côté, les policiers détiennent d'autres éléments qui s'imbriqueront dans notre théorie.
Jules et Cléa enfilent des gants jetables : elle pour recopier la lettre et lui pour manipuler l'enveloppe.

Les semaines qui suivent, afin de meubler l'attente, je reprends mes révisions avec Cassandre. Même si nous nous sommes promis de ne plus évoquer l'affaire jusqu'à la fin des examens, nous y pensons tout le temps. Ma copine a souvent Cléa au téléphone. D'après les avocats de Ludovic et Annabelle, l'enquête policière a repris mais les inspecteurs ne veulent pas encore s'exprimer sur les avancées de leurs investigations. « Il faut être patient » est la phrase qui revient sans cesse. Presque chaque soir, j'imagine la tristesse et la colère de l'oncle et de la cousine de Cléa qui s'apprêtent à passer une nouvelle nuit en prison, pour rien. Je me surprends à passer régulièrement après les cours chez ma grand-mère pour voir si du nouveau ne serait pas

apparu dans la presse. Ma grand-mère, qui n'est pas dupe, me déclare un soir :
– Je surveille, Erwan, et je t'appellerai. Pense un peu à autre chose.

Le seul moment où le crime de maître Marideau daigne quitter mon cerveau, c'est pendant les deux heures du club des mangeurs de gâteaux. Mes copains sont déchaînés et, à plusieurs reprises, j'évite de peu l'étouffement. Le programme pâtissier du dernier rendez-vous était : « Trois éclairs, sinon rien ! » Nous testons pour l'occasion le parfum praliné, nouvellement inscrit à la carte de la boulangerie : il remporte un vif succès.

Durant les week-ends, mes parents sont particulièrement sympas. Ma mère mitonne mes desserts préférés, mais les profiteroles servies à peine deux heures après les pâtisseries à la crème peinent un peu à passer, et mon père raconte des blagues. J'aimerais tant qu'ils ne soient pas déçus.

L'examen écrit de français, c'est aujourd'hui. Cassandre et moi nous embrassons longuement avant l'épreuve pour nous donner du courage. Je choisis le sujet d'invention qui j'espère me portera chance. Je prends beaucoup de temps pour lire et relire les consignes. Je ne dois pas me précipiter. Cassandre a préféré le commentaire composé. Je passe l'oral le lendemain matin et les épreuves de maths-informatique l'après-midi. Je finis le surlendemain avec l'enseignement scientifique où j'ai la chance de tomber sur un thème, l'œil, que j'ai relu la veille. Je ne dirais pas que j'ai dominé mon sujet de bout en bout dans toutes les disciplines, mais je n'ai pas été ridicule. J'espère raisonnablement la moyenne à toutes les épreuves.

Le mercredi matin, Cassandre sonne à la porte alors que je traîne encore au lit. Elle a en main le journal local. Elle m'embrasse et crie :
— Bingo ! Les flics ont enfin réagi.
— Cléa est au courant ?
— Elle m'a envoyé un SMS pendant la nuit. Sa cousine et son oncle ont été remis en liberté dans la soirée. Lis-ça. Tu vas voir que nous avions tout bon :

La dernière escroquerie du notaire

L'affaire Marideau a connu un nouveau rebondissement, et quel rebondissement ! L'enquête sur la mort du notaire, dont le corps avait été retrouvé dans sa voiture sur l'île aux Chiens le 23 mars dernier, avait conclu à la culpabilité d'Annabelle et de Ludovic Weiss, d'anciens clients spoliés par maître Marideau et qui auraient agi par vengeance. Ces derniers auraient reçu l'aide d'un déserteur de la Légion dûment payé pour accomplir le macabre forfait.

Hier soir, coup de théâtre, car les deux accusés, dont la police se disait pourtant certaine de la culpabilité, sont relâchés. Et on apprend, dans la foulée, que le notaire ne serait pas mort mais en fuite en Argentine (pays n'ayant pas d'accord d'extradition avec la France) et que le cadavre retrouvé le 23 mars serait celui de Christophe Anlard, un chômeur qui vivait seul dans sa voiture garée dans la rue des Prés. Le notaire, avec la complicité de Sylvie Laruc, une de ses proches collaboratrices, aurait imaginé un plan machiavélique pour faire croire à son assassinat et faire accuser deux membres de la famille Weiss qui avaient juré sa perte. Les détails de cette machination ne sont pas encore connus mais les aveux de madame Laruc éclairent chaque jour un peu plus cette terrible histoire. Non content d'avoir disparu, maître Marideau aurait également réussi à transférer sur des comptes offshore d'importantes sommes d'argent dont la provenance paraît plus que douteuse. (Affaire à suivre.)

Épilogue

Le 4 juillet, nous avons assisté à l'enterrement de Christophe Anlard en compagnie de quelques membres de sa famille venus pour l'occasion de Nantes et du patron du café des Boulistes.

Un soir, nous avons été invités dans la famille de Cléa pour rencontrer Annabelle et Ludovic. Nous étions à la fois curieux et inquiets. Nous étions tout de même à l'origine de leur arrestation et de leur incarcération. Annabelle nous a déclaré d'emblée qu'elle ne nous en voulait pas, même si plus tard, alors qu'elle évoquait sa détention, j'ai vu son visage se couvrir de larmes. Ludovic a essayé pour sa part de nous rassurer en expliquant :

– Avant même votre lettre, l'étau policier se refermait sur nous. J'avais refusé de donner librement mes empreintes digitales et les inspecteurs me suspectaient. Notre nom apparaissait le jour du prétendu meurtre sur l'agenda du notaire. Le salaud, il avait bien préparé son coup. En définitive, nous vous devons une fière chandelle d'avoir su démêler cette affaire.

Le reste des vacances s'est passé trop rapidement. Je commençais aux aurores et revenais dormir une heure ou deux dans la matinée. Parfois, Cassandre me rejoignait pendant mon sommeil et je me réveillais dans ses bras. J'avais fait reproduire clandestinement un double de la clef pour elle. Nous mangions ensemble presque tous les midis. Parfois, elle venait me chercher devant chez Thomaso après le boulot.

Cette année-là, Cassandre n'est même pas partie en vacances avec ses parents car elle a été malade la veille du départ. Officiellement d'une intoxication alimentaire, moi je veux croire que l'idée d'être séparée de moi, même pour une semaine à New York, avait provoqué les symptômes. Sa grand-mère est venue habiter avec elle quelques jours, le temps qu'elle aille mieux.

Vers la mi-août, après un repas chez elle qui m'est apparu plus comme un examen que comme une invitation amicale, ses parents nous ont autorisés à partir dix jours ensemble à la campagne, comme l'avait proposé la grand-mère de Cléa.

Ah oui ! j'allais oublier, mes notes au bac un peu au-dessus de la moyenne ont rempli mes parents de fierté.

Les vingt-cinq copies

Erwan G. .... p. 11

Sandy M. .... p. 27

Salomé B. .... p. 30

Cassandre K. .... p. 37

Inès L. .... p. 42

Malvina D. .... p. 45

Milan L. .... p. 54

Clémence T. .... p. 59

Apolline J. .... p. 64

Yasmine G. .... p. 66

Flavia I. .... p. 75

Paco C. .... p. 77

Cléa C. .... p. 81

Julie C. .... p. 83

Fatou D. .... p. 91

Steven C. .... p. 95

Maréva R. .... p. 97

Morad E. .... p. 111

Esther D. .... p. 113

Hugo C. .... p. 120

Philémon M. .... p. 130

Sophie D. .... p. 132

Jules B. .... p. 134

Aldéric G. .... p. 136

Vladimir S. .... p. 138

Du même auteur
aux éditions Syros

Pour les plus jeunes :

C'était mon oncle !, « Tempo », 2006

Jacquot et le grand-père indigne, « Tempo », 2007

L'école est finie, « Mini Syros », 2012

Des ados parfaits, « Mini Syros +, Soon », 2014

Le voyage dans le temps de la famille Boyau, hors-série, 2014

Florimond à la recherche du Oxford Treasure, « Tip Tongue », 2016

L'accident, « Mini Syros + Soon », 2016

La planète interdite, « Mini Syros Soon », 2018

Pour les plus grands :

Méto, tome 1 : « La Maison », hors-série, 2008

Méto, tome 2 : « L'Île », hors-série, 2009

Méto, tome 3 : « Le Monde », hors-série, 2010

Seuls dans la ville entre 9 h et 10 h 30, hors-série, 2011

Nox, tome 1 : « Ici-bas », hors-série, 2012

Nox, tome 2 : « Ailleurs », hors-série, 2013

Celle qui sentait venir l'orage, hors-série, 2015

U4. Koridwen, hors-série, 2015

Nox, l'intégrale, hors-série, 2015

U4. Contagion, hors-série, 2016

Grupp, hors-série, 2017

Métro, l'intégrale, hors-série, 2018

L'auteur

Yves Grevet est né en 1961 à Paris. Il est marié et père de trois enfants. Il habite dans la banlieue est de Paris, où il a enseigné en classe de CM2 jusqu'en juin 2015.
Les thèmes qui traversent ses ouvrages sont les liens familiaux, la solidarité, la résistance à l'oppression, l'apprentissage de la liberté et de l'autonomie. La trilogie *Méto*, qui l'a fait connaître, a été récompensée par 13 prix littéraires. Tout en restant fidèle à ses sujets de prédilection, Yves Grevet s'essaie à tous les genres : récits de vie (*C'était mon oncle !*, *Jacquot et le grand-père indigne*), roman d'enquête (*Seuls dans la ville entre 9 h et 10 h 30*), de science-fiction (*Nox, Des ados parfaits, U4.Koridwen, Grupp, L'accident et H.E.N.R.I.*), roman historique (*Celle qui sentait venir l'orage*) ou de politique-fiction (*L'école est finie*), et même une histoire à lire et à jouer (*Le Voyage dans le temps de la famille Boyau*)...

Conforme à la loi n° 49-956 du 16 juillet 1949
sur les publications destinées à la jeunesse,
modifiée par la loi n° 2011-525 du 17 mai 2011.

Mise en pages : DV Arts Graphiques à La Rochelle
N° d'éditeur : 10253346 – Dépôt légal : novembre 2011
Achevé d'imprimer en février 2019
par Laballery (58500, Clamecy, France).
N° d'impression : 901535